集英社オレンジ文庫

嘘つきな魔女と
素直になれないわたしの物語

梨　沙

本書は書き下ろしです。

Contents

イラスト／げみ

序章　わかれ道

お母さんが旧姓に戻ると言い出したのは、夏休みに入る直前、私が想像を絶する通知表に青ざめているまさにそのときだった。

「離婚することにしたの、お父さんとお母さん」

お母さんはなんでもないことのように話す。お父さんはソファーに腰かけて両手をじっと見つめたまま動かない。いつもと変わらず明るいリビングが、その瞬間、泥の中に沈んでいくような気がした。

「菫子《とうこ》は、どうしたい？」

「ど……どうしたいって……」

質問の意味がわからない。

朝起きれば一緒に食事をとり、適当に会話を繋《つな》ぎ、学校へ行くため家を出る。専業主婦のお母さんはいつも家にいて、帰れば今日はなにがあったかを尋ねてきた。お父さんが残業のときはばらばらに夕食をとることもあるが、それでもお母さんは、家族のために手抜きなんてしないで食卓を料理で飾っていた。掃除だって呆《あき》れるくらい徹底していた。

家の中を快適に保とうとするお母さんや、いつだってそれに感謝しているお父さんを、私は当たり前のように見てきた。

それが、離婚？

「急に、どうして？」

喉《のど》が干上がりろれつが回らない。ぎゅっと握った指が冷たい。

なにもかもがあまりにも唐突だった。

平穏な生活が崩れていく不安に、「待って」と叫びたくなった。

「お父さんが浮気してたの」

不思議なくらい陽気な声でお母さんが告げ、お父さんは目を閉じてうつむいた。記念日に花を買ってお母さんを喜ばせ、記念日じゃないときはケーキを買って私を喜ばせてくれたお父さんが浮気なんて――そんなの、とても信じられなかった。

「嘘《うそ》、だよね？」

お父さんは答えない。まるで嵐が去るのを待つみたいに、じっと体を縮こめている。

「菫子は、お父さんとお母さん、どっちについていきたい？」

「ま、待ってよ！　浮気って、お父さんが？　嘘でしょ？」

今度はお母さんに訴える。

お母さんはちらりとお父さんを見てから私に向き直った。

沈黙が重い。息苦しくてたまらない。それでも目を逸《そ》らさずお母さんを見つめると、仕方ないと言わんばかりに溜息《ためいき》が返ってきた。

「相手は七江子《なえこ》なの」

「え？」

ぐらりと視界が揺れて、私は慌てて壁に手をついた。

「誰……今、なんて……」

「だから、七江子おばさんだったのよ」

「嘘……だよね、お父さん。おばさんとなんて、そんな……」

ひどい裏切りだった。

古石川《こいしかわ》七江子は近所にある喫茶店で働く女性だ。三十七歳独身、趣味はシュノーケリングとフルマラソン。元気で行動力があって、いつも明るい、私が一番尊敬している憧れの人。

彼女は、お母さんの三つ下の妹だった。

第一章

見知らぬ幼なじみ

1

人生は理不尽だ。

小学校、中学校は順調だった。成績もよかったし運動だって得意で、友人は多く、社交的で頼れる学級委員の地位を独占していた。けれど高校に入るとじょじょに成績が下がり過去最低を更新してしまった。夏休みは遊ばなければ損と騒ぐ友人たちを横目に、だから私は休みのほとんどを勉強に費やすつもりでいた。二学期で成績を持ち直して順風満帆《じゅんぷうまんぱん》な日々を送る。それが夏休み前に立てた壮大な目標だった。

それなのに、私の人生は十六歳の夏にして暗礁《あんしょう》に乗り上げた。

両親の離婚、そして、引っ越し——今まで暮らしていたマンションは手放すため、どちらについていくにしろ引っ越ししなければならなかった。

お父さんは七江子《なえこ》おばさんと暮らし、お母さんは実家に帰る。好きなほうを選んでいいと、二人はそう言った。最近、お母さんが頻繁《ひんぱん》に家をあけている理由を、お父さんがなかなか家に帰ってこない理由を、私は今になってようやく理解した。

話し合いは家の外でおこなわれ、気づけば家具すら減っていた。食器棚から食器が減っているのを奇妙に思っていた一カ月前の私は間違いなく愚《おろ》か者だった。もうその頃には結論が出ていて、期末テストが終わるまで夫婦を演じていただけだったのだ。

『次の駅は十富部《とおとべ》、十富部。古石川《こいしかわ》へお越しの方は次でお降りください』

ボストンバッグをぎゅっと握って車内を見回す。単線、二車両、乗客は私を含めて五人だけ。外は田園が広がり、ぽつんぽつんとトタン屋根のみすぼらしい小屋が見える。お父さんと一緒に暮らす気なんてなかったけれど、お母さんの実家に引っ越すという選択も最良だったとは思えない。

十富部駅は山林の間近にあって、降りたのは私一人だけ。めまいがした。

駅は森に呑《の》み込まれかけていた。強い日差しにじりじりとアスファルトが焼け、蟬《せみ》の声が耳の奥を占拠する。駅を出て、緑を通り越して黒々とさえ見える木々に圧倒されていると、下品な黄色い軽自動車の中からお母さんが手をふってきた。

「さすが、時間ぴったりね！」

一本乗り損ねたら三時間は次の電車がない。乗り間違えたら致命的だ。私は感心するお母さんに曖昧《あいまい》に笑ってから無数の傷がある車を見た。後部座席のシートは色あせ、ところどころ茶色いシミのようなものがついている。気のせいか、少しタバコのにおいがした。

「この車、どうしたの？」

「いいでしょ？　ないと不便だから買っちゃった。それより早く乗りなさい」

こんな汚い車に乗るなんて信じられない。絶対にまともに掃除していなかった人の車だ。

しかも、車体全体にある傷が、もとの持ち主の運転が乱暴だったことを伝えてくる。

「菫子《とうこ》?」

怪訝《けげん》な顔で名前を呼ばれ、私は渋々と後部座席に乗り込んだ。できるだけ浅く腰かけ、ボストンバッグをぎゅっと胸に抱いて息を止める。

「菫子はお父さんのところに行くと思ってたわ」

ぽつんと聞こえてきた声。聞き返す前にアクセルが踏み込まれる。走り出す車は、緑から離れるどころかますます深い緑の中へと切り込んでいく。

道路からセンターラインが消え、おおいかぶさるように広がる緑の合間から藍《あい》色で染め上げられた空がのぞく。タバコのにおいに耐えかねて窓を開けると、木々が揺れ、冷たく湿った風がざあっと音をたてて車内に吹き込んできた。

お母さんはハンドルを握ったままじっと前方を睨《にら》んでいる。

お父さんのところに行くってどういう意味? 私、来ないほうがよかった?

喉《のど》の奥にひっかかった言葉に息苦しさを感じたまま、私はそれから四十分以上、蛇行《だこう》する車に揺られながら林道を睨み続けていた。


緑におおわれた道を抜けると延々と垣根《かきね》があり、その奥にどっしりとした松の木と見事な日本家屋が見えた。「あれが村長さんの家よ」と告げるお母さんに生返事をしていると「隣に立っているのが校舎」と続けられる。築百年と言われても納得してしまうほどよく燃えそうな木造二階建ての建物の前には草がまばらに生えた広場があった。プールや体育館というごく当たり前の設備がなく、錆《さ》びついてボコボコにゆがんだフェンスと『古石川分校』と書かれた木製の看板がなければとても学校だなんて思えなかっただろう。

道を挟んだ反対側――北には田畑が広がっていた。畦《あぜ》にそってポツポツと小さなトタン屋根の小屋があって、その向こうには民家が数件、さらに向こうには急斜面がある。なるべく遠くを見ようと意識しているのに、見慣れない景色のせいで遠近感がおかしくなって気分が悪くなってきた。車は村の中央、北から南に貫く石や岩がゴロゴロ転がる自然そのままの川に渡された小さな橋を越え西に進む。

「この川、見たことある」

「当たり前じゃない。八つまでここに住んでたんだから」

私のつぶやきにお母さんは苦笑した。小学校一年生から二年生の夏までこの橋を渡って通学していた。忘れるはずがない。それなのに、なぜだか私は曖昧にしかそのことを覚えていなかった。ゆるやかに隆起《りゅうき》する道と畑、森に呑み込まれかけた民家、ぽつんと立つカカシ、キラキラと輝くテープやペットボトルを使った風車《かざぐるま》の鳥よけ、我関せずと飛び立つカラス。限界集落という言葉がぴったりな光景は、うっすらと記憶にあるのに。

目をすがめると眼前が唐突にどす黒く染まった。黒に赤が混じり、やがてすべてが朱殷《しゅあん》の闇《やみ》に呑まれる。その闇の向こうになにかがいた。

私はそれに触れようと手を伸ばし、指先にあたった硬い感触にわれに返った。

ぱっと赤黒い闇が消える。指が触れたのは車のドアだった。

「……なに……？」

なんだろう、今の。両親の離婚、それにともなう混乱と荷造りで、ここ数日まともに寝ていなかった。そのせいかもしれない。

深く息をついたとき、緑の中に溶け込むように立つ少年に気づいた。風になびく髪は光を弾《はじ》いて金色《こんじき》に輝き、陶磁《とうじ》の肌は滑らかで高潔な白だ。紺碧《こんぺき》の瞳は光がさすたびに鮮やかに揺れ、長いまつげが宝石のようにきらめく瞳に独特の深みを与える。唇は春を思わせるほんのり柔らかな桜色、少年期特有の長い手足と薄い体を白いTシャツと紺色のコットンパンツで包む姿は、シンプルなのに目が離せないくらい魅力的だった。

田舎には不似合いなほど美しい少年だ。一瞬で彼の姿が脳裏に刻み込まれるほどに。

「だれ……？」

私が見つめるように、彼もまた、私をまっすぐ見つめ返しているのがわかった。

どこかで会った気がする。澄《す》んだ瞳が記憶に食い込んでくる。

それなのに思い出せない。

「菫子？」

　お母さんの声にはっと視線を逸《そ》らすと、そのわずかなあいだに彼は緑の中に消えていた。

窓に両手をかけて身を乗り出したとき、悪路に車が軽くバウンドした。ぎぎっと車のあちこちが悲鳴をあげ振動が胃を突き上げる。復活した吐き気をぐっと堪《こら》えると車は左折し、民家と農道を抜けて一番奥に建つ家の前で止まった。荒れ放題の庭は森と同化し、木製の引き戸と漆喰《しっくい》の壁、草におおわれた縁側が、否《いや》が応でも古民家という言葉を連想させる。

昔、八年間暮らしていた家だ。風呂は薪《まき》で焚《た》いて、台所は土間《どま》で、トイレはもちろんくみ取り式。冬は底冷えし、夏は虫が大量発生した悪夢の一軒家だ。

　覚えていた。そのことに安堵《あんど》しながら車を降りて胃を伸ばすように深呼吸を繰り返す。冷たい空気に草と土のにおいが混じっている。森から蝉の大合唱が聞こえてきた。

「大丈夫？」

　心配するお母さんに返事をするのも億劫《おっくう》で、森を見ながらお腹《なか》をさする。

「あれきっとマネキンだ。カカシ代わりのマネキン」

　こんな田舎にあんな美形がいるはずない。そう納得していると、玄関から家に上がったお母さんが縁側にやってきて、右の部屋に私のボストンバッグを置いた。

「……お母さん、玄関って施錠《せじょう》してあった？」

「田舎だもの、泥棒なんていないわよ」

どういう基準なのか理解不能だ。

「菫子の部屋は、昔、おじいちゃんたちが使ってたところね。お母さんは隣だから」

色あせた畳《たたみ》の敷かれた六畳一間に、〝本〟〝夏服〟〝日用品〟〝寝具〟など、荷造りのときに中身を書いておいた段ボール箱が積み上げられている。

玄関から上がるのも面倒で、縁側にある沓脱石《くつぬぎいし》で靴を脱いで家に入る。今は開け放たれているが、縁側にはネジ締まり錠と呼ばれる古風な鍵のついたガラス戸がある。部屋と縁側のあいだには障子《しょうじ》、部屋と部屋を仕切るのはふすま。鍵と呼ばれるものは、玄関と窓、ガラス戸にしか存在しない、田舎ならではの不安を覚える構造だ。

部屋に入って正面のふすまを開けるとちゃぶ台と昔懐かしの水屋簞笥《みずやだんす》が置かれていた。水屋簞笥に食器が入っているところを見ると、どうやらそこが居間らしい。居間は囲炉裏《いろり》のある板の間に続き、ここが玄関から直接行ける部屋になる。板の間の奥には土間の台所が、その右手には大量の薪と風呂釜《がま》、そのさらに奥に脱衣所と風呂がある。荷ほどきはすでにすんでいるらしく、私の部屋以外に段ボール箱はなかった。

私は梱包《こんぽう》材の中から机と椅子《いす》のパーツを見つけるとさっそく組み立てた。次いで板とネジに分解されていた本棚をもとの形に戻す。教科書とノートを並べてライトを設置すると、もうそれだけで汗だくだ。エアコンをつけようと室内を見回し、生々しい白さだけが目につく漆喰の壁に愕然《がくぜん》とした。文明の利器がここにはない。

「お母さん、扇風機は……」

　声をかけてふすまをノックする。返事がない。開けてみるとお母さんの姿はなく、和箪笥と棚、鏡台、見るからにお一人様用の折りたたみの小さな机にシルバーの古いノートパソコンがぽつんと置かれているだけだった。

　ネット回線なんてなさそうな田舎で使い物になるのかも怪しい年代物だ。

　ノートパソコンに首をかしげた私は、同じ背表紙の本が並んだ棚に気づいた。

　本は二種類あった。一つは『情熱のロンドン』で、もう一つは『隠し事』。ありきたりなタイトルだ。そのありきたりなタイトルの本が二十冊ずつ棚にさしてある。ファンなのだろうか——そう考えて、私は硬直した。著者は『古石川愛子《あいこ》』と書かれていた。お母さんの名前だ。しかも旧姓、つまり、離婚した現在の名前だった。カバーの折り返しに書かれたプロフィールの生年月日もお母さんと同じで、掃除が趣味、という冴《さ》えない文句も、いかにもお母さんらしい一言だった。

「……作家……？」

　トータル四十冊の本は、つまり献本《けんぽん》というものであるらしい。私はふらふらと部屋に戻り、スマホを取り出した。『古石川愛子』と検索をかけるといくつかヒットする。六年前に新人賞を受賞し、翌年発売された『情熱のロンドン』は、大手通販サイトのレビュー欄で星一つの最低評価を量産し『主婦の道楽』『焚書《ふんしょ》』『実体験を元にしたゴミ』と辛口のものばかりで、その三年後に発売された『隠し事』は売れなかったことを示すように一つの評価もなかった。

「……勉強しよう」

なにも見なかったことにして、私は教科書とノートを広げた。どこにいたって勉強はできる。もう〝佐々木《ささき》〟ではないけれど、〝運動もできて人当たりもいい優等生の佐々木さん〟を演じることは可能だ。

そう思った。夏休みに入る前の、それが私の目標だった。

でも、ちっとも集中できなかった。

きっと暑いせいだ。

障子を開けると風が吹き込んできてほっとした。蟬の声はうるさいが、照りつける太陽で熱くなった縁側と冷たい風の落差は気持ちがいい。スマホを手に縁側に座り、足をぶらぶらさせながらSNSを開いた。その直後、メッセージの多さにうめいた。

《佐々木さん、田舎どう？　エンジョイしてる？》

《エンジョイとかw》

エミのメッセージに、カエルが噴飯《ふんぱん》するスタンプをカナが貼る。ちょっとイラッとした。

《佐々木さんじゃなくて、古石川さんだよ！》

訂正したのはいつも私にべったりだったウタだ。みんなが《古石川さん》と連呼する。

気楽なものだなと、溜息《ためいき》が出た。

《プール残念》

ウタがしょんぼりと背中を向けて項垂《うなだ》れる子犬のスタンプを追加した。そういえば、そんな約束をしていた。日取りも決めないうちに反故《ほご》になってしまったけれど。

《週末に花火大会あるってさ。行く？》

《行く！》

続けて《行く》のスタンプが六つ並んだ。どうやらみんなで行くらしい。私がいなくても彼女たちの生活は今まで通り続いていく。私が浮かれた会話を見てどう思っているかなんて考えもせず、能天気に、無神経に、人生を謳歌《おうか》している。

《男子も誘ってみる？　カナ、田中《たなか》のこと好きなんだよね？》

《好きじゃないし！》

ニヤニヤ笑うスタンプがしゅぽっと呑気《のんき》な音をたてながら表示される。

《恋のおまじない、いろいろしてたじゃん》

《アナログｗ　萌《も》えるｗ》

《健気《けなげ》ｗ》

《違うから！》

《照れるなよー、浴衣どーする？　買っちゃう？》

《ネイルも行きたい！　明日ヒマ？》
カナをからかうのに飽きたのか、今度は《ヒマ》の大合唱だ。苛々《いらいら》する。僻地《へきち》に越した私が一緒に行けないと知っているはずなのに気遣いの欠片《かけら》もない。
《佐々木さんも来る？》
思い出したように尋ねられた瞬間、苛々が加速した。
家から最寄り駅まで車で四十分、それから新幹線が停《と》まる駅まで乗り継ぎがスムーズでも三十分かかり、新幹線で二時間弱。友人たちに会うには、さらに電車に乗ってバスを経由しなければならない。どんなに綿密に計画を立てても半日はかかる。金銭面を考えても軽々しく行ける距離ではない。
そんなこと、ちょっと調べればわかる。だけど彼女たちは決して調べたりしない。いつものように、残酷なほど陽気に人の心を逆撫《さかな》でしていく。
ぐっと奥歯を嚙《か》みしめて激情をやりすごした。
私は感情的に訴えたりはしない。〝運動もできて人当たりもいい優等生の佐々木さん〟でいたいから、相手が見ていないとわかっていてもにっこりと笑ってみせる。
《みんなで楽しんできて》
《だよね》
ペンギンが敬礼するスタンプが貼られ、さっそく待ち合わせ時間の検討に入る。やっぱりやめよう、なんて言い出す人はいない。せめて私の知らないところで話せばいいのに、彼女たちは持ち前の無神経さで楽しげにさえずり続ける。

《佐々木さんに勉強教えてもらえないのマジ残念〜》

《こっち来て教えてもらいたいｗ》

《あ、それいいねｗ》

見なければいいのに、私は彼女たちのさえずりを苛々と目で追っていた。そして、ふいに進まなくなったメッセージに眉をひそめた。彼女たちがいっせいに黙るなんて珍しい、そう訝《いぶか》って、すぐに電波状況がきわめて悪いことに気がついた。彼女たちの会話に参加しなくていい正当な理由ができたのに、私は往生際悪くスマホを持って部屋中を歩き回り、無駄とわかるとようやくそれを投げ捨て日光ですっかり熱くなった靴を履いた。庭を突っ切り近くにある木を足で軽く押す。

「なによあのカエルスタンプ！　マジムカつくんですけど!!　花火がなによ！　私だって浴衣着たかったよ！　プールも行きたかった！　だいたい人を家庭教師みたいに見ないでよ！　失礼すぎでしょ!?　ホント、イラつくんだけど!!」

足に込める力が強くなっていく。怒りにまかせて木を蹴っていると、だんだんと頭に血がのぼっていくのを感じた。

「みんなムカつくー!!」

お父さんとお母さんだってそうだ。

「なんで離婚なの!?　どうして浮気なの!?　お父さんなんて許せない、おばさんも許せない！　お母さんも、もっと許せない……!!」

落ち込むそぶりも、苛立つ様子も、まったくなかった。あんなに仲良くしていたのに、本当は愛情なんて欠片もなかったのではないか。だから離婚を決めたときも、それを私に伝えたときも、平然としていたのだろう。

「信じられない！　嘘《うそ》つき！　嘘つき！　みんな、嘘ばっかりだ……!!」

私はずっといい子でいた。勉強だってがんばって、苦手な運動からも逃げなかった。周りの人を不愉快にさせないよう顔色をうかがって慎重に生きてきた。

それなのに、みんなは腹立たしいくらい自分勝手で。

「大嫌い！」

左足を軸《じく》にして力いっぱい木を蹴った。

そのとたん、鈍い痛みが足の甲《こう》を中心に広がった。思わず息を詰め、視界の端に人影を認めてぎくりとした。見られた。それも、〝運動もできて人当たりもいい優等生の佐々木さん〟にあるまじき愚行《ぐこう》を。

「そんなに蹴ったら木が可哀相《かわいそう》だよ、トーコ」

キラキラと輝く人影が柔らかな声色《こわいろ》で非難の言葉を口にした。金の髪が木漏れ日を弾き、白い肌が透き通るみたいにきれいだった。人間離れした美しさを持つ少年は、深い海の色の瞳を私に向けてきた。

車中で見た少年はマネキンではなかったらしい。蠱惑《こわく》的な青い目に総毛立った。

怖い。きれいだけど、すごく、怖い。

「だれ？」

尋ねたとたん、少年の顔がゆがんだ。海の色をした瞳が怒りで爛々《らんらん》と燃える。

「魔女だよ」

硬い声で答え、彼はじっと私の様子をうかがってきた。けれど、どう答えていいのかわからない。見るからに外国人だし、なにか特別な意図があるのかもしれない。

戸惑っていると溜息が聞こえてきた。そうして彼は、興味が失《う》せたと言わんばかりに踵《きびす》を返した。

「ま、……痛っ……!!」

慌てて足を踏み出し、鈍い痛みに悲鳴をあげる。即座に自称魔女が戻ってきた。

「あんなに蹴るからだ」

自称魔女が優雅に膝《ひざ》を折る。所作の美しさと予想外の行動に反応ができずにいると、彼はいきなり私の右足首をつかんだ。体が傾く。足下がぐらついて体を支えきれない。とっさに彼の肩に両手をつくと、彼はそのまま私の足から靴を取り去った。

「な、な、な……っ」

　繊細な指で足の甲を撫で上げられて鳥肌が立つ。

　離れたい。だけど足をつかまれて逃げられない。彼は辺りを見回すと、笹《ささ》の葉のような形の野草の幹をこすってなにかを確認し、葉をひきちぎると手早く揉《も》んで赤くなった私の足にのせた。ひんやりと冷たい感触に肩をすぼめていると、彼はポケットから取り出したハンカチで野草を足に固定した。

「しばらくそうしてるといいよ」

　彼は派手な美貌《びぼう》を不満げにゆがめてそう告げる。どうやらこれは応急処置らしい。痛む足を啞然《あぜん》と見つめていると、彼は立ち上がるなりすたすたと離れていった。

「ま、待って！　どうして私の名前を知ってるの!?　待っ……きゃっ！」

　靴に足を突っ込むと鋭い痛みに悲鳴が出た。はっと彼が振り返る。とっさに靴を浅く履き直して彼を追うが、彼は私が追いつく前に歩き出してしまった。

　雑草が脛《すね》を叩き、蟬の声がわんわんと耳の奥にこだまする。ざあっと音をたて冷たい風が頭上をおおう木々を揺らした。

「　　　　」

　ふいに声がした。高く澄んだ子どもの声だ。

　誰かが私を呼んでいる。とっさに辺りを見回すとめまいが襲ってきた。よろめくと足下に転がっていた空き缶を踏んでバランスを崩した。

体を支えようと手を伸ばす。でも、つかめるものがない。

「あ……っ」

宙に投げ出された手に触れたのは、どんどん離れていったはずの自称魔女だった。ぐいっと手を引かれ、私の体は軽々と彼の胸の中に収まった。石鹸《せっけん》とかすかな汗のにおいが鼻《び》腔《こう》をくすぐる。吐息が耳元で柔らかくほどけた。

「気をつけたほうがいいよ。ここから落ちたら、ナルコユリでは足りないだろうから」

体に直接響く声に私はドギマギと視線を彷徨《さまよ》わせ、その直後、真っ青になった。乾いた風が駆け上がり、白いワンピースの裾《すそ》をはためかせる。ほんの一メートル先で緑が途切れ、崖《がけ》になっていた。高さは十五メートルほど。ところどころ岩が飛び出て、落ちれば命にかかわりそうな場所だった。崖下には針葉《しんよう》樹林が広がり、それらに埋もれるようにどんぐりやクルミ、栗《くり》の木が枝葉を伸ばしていた。

「あ、ありがとう、助けてくれて」

お礼を言うと肩を押し戻された。強い拒絶。だけど彼はにっこりと微笑《ほほえ》んで「どういたしまして」と返してきた。ちぐはぐな行動が違和感となってのしかかってくる。それでも私はいつもの通り、友人と接するように彼に合わせて微笑んだ。

「日本語、上手なんですね」

いろいろ質問したいのをぐっと堪え、会話の糸口をさぐることに努める。

だが、質問に素直に答えるタイプではないと察して友好的に話しかけたにもかかわらず、彼はすぐさま無表情になって口をつぐんでしまった。

考えが読めない。扱いづらい。対応に困ってじっと彼を見つめると、ふいに見つめ返された。透き通る青い目は、近くで見ると緑や金が複雑に混じり合い、神秘的で呼吸さえ忘れてしまう。息苦しさにあえぎ、とっさに顔をそむけた。でもこれは不可抗力だ。美形が見つめ返してきたら誰だって動揺する。平静でいられるわけがない。

ぐっと唇を噛み、沈黙に耐えきれずすぐに私はもう一度口を開いた。

「ま……魔女ってなんですか?」

声がうわずった。恥ずかしくて顔が熱くなる。

「どうして私の名前を知っているんですか?」

ふがいない自分に苛々しながら言葉を絞り出す。すると、彼はことんと首をかしげた。

腹立たしいことにそんな仕草すらも美しかった。

「僕のことを、君は知ってるはずだけど」

さぐるような眼差《まなざ》し。なんだろう。試されているような気がする。

「外国の人の知り合いなんて、私にはいません」

「……外国の人、か」

「日本人なんですか？」

「〝外国の人〟だよ」

　なんだ、この、人を食ったような受け答えは。しかも、やっぱり怒っているような気配がするのだ。周りに合わせることで完璧な自分を演じ続けてきた私の勘が、彼の見た目や言葉に惑わされるなと警告を発してくる。さっき、木を蹴っていたところも見られていた。警戒しなければならない相手だ。

「足はまだ痛む？」

　唐突に質問されて私はそっと右足に力を入れる。鈍く痛む。それほど腫《は》れてはいないと思うが、当分靴は履けそうにない。「少しだけ」と返すと、いきなり手をつかまれた。

「な、なんですか⁉」

「この下には坑道《こうどう》があったんだ。それは、たくさんの思いを呑み込んで崩れてしまった」

　私は反射的に足下を見た。不自然な隆起が彼の言葉を裏づけるように崖から森へと続いていた。

「人が埋まってるの？」

「――だから危ないよ。足をつかまれたら引きずり込まれる」

　そんなバカな。そう思った。それなのに、彼の言葉には妙な重みがあって強く否定できなかった。独特の雰囲気がある人だ。身長は私より頭一つぶんは高く、細身でどことなくバランスが悪く感じられるけれど、それが彼の魅力のように馴染《なじ》んでいた。友人たちが彼を見たらきっと色めき立つだろう。格好いいと騒いで、遊びに行こうと誘う。彼の〝特別〟になりたいとアプローチする子だって、一人や二人ではない。

そんな彼に手を引かれながら、私は森を歩いている。

——これはいったい全体どういう状況なんだ。ご褒美《ほうび》なのか、試練なのか、混乱した私は不自然な隆起や石に足を取られるたびに彼に支えられ、森の中を西に進むはめになった。

「ど、どこに行くの？」

「……その質問は、もっと早くすべきだよ」

呆《あき》れた顔でたしなめられた。確かに彼の言う通り、不用心なうえに状況すらわからない。

私は即座にリサーチを開始した。

「日本には観光で来たの？　こんな田舎に外国の人がいると思わなくてびっくりしちゃった。どのくらい滞在するの？　家族は？」

まずは、感じよく当たり障《さわ》りなく答えやすい質問から。案外こうした質問のほうが素直に答えてくれるかもしれない。だが、思惑ははずれ、彼は不機嫌顔で振り返った。

「ハルのこと、本当に覚えてない？」

どくんっと心臓が暴れた。聞いたことがある。そんな気がする。だけどうまく思い出せない。視界が一瞬で赤黒く染まっていく。濃く湿った土のにおいにめまいがする。

「あなた、だれ？」

「——ハルだよ」

感情を抑えた低い声で、彼——ハルが答える。

どこかのファッション雑誌から飛び出したような、こんな派手な容姿を忘れるわけがない。でも、思い出せなかった。彼が私の名前を知っているにもかかわらず。

ハルが私から手を放し、大きく一歩踏み出した。ぎくりとして足を引くと、さらに一歩近づかれてしまう。距離を保っても息苦しさが変わらない。もう一歩さがると背中になにかぶつかった。木だ。慌てて横に逃げようとしたら、細く長い腕が伸びてきて木の幹を強く打った。壁ドンならぬ幹ドンだ。女の子ならドキドキするシチュエーション。そして私の心臓も大暴れしていた。けれど、この場合はときめきではない。静かな怒りをたたえるきれいな顔を見て血の気が引いただけだ。

ハルが目を覗《のぞ》き込んできた。青の中に金と緑が入り混じり合う独特の光彩。吸い込まれそうなほど美しいのに肌が粟立《あわだ》つ。

「僕のこと、忘れてないよね」

断言されても返事ができない。とたんに彼の顔に険しさが追加され、瞳の青が濃くなった。水底に沈んでいくみたいだ。

「あなたは……」

「ハルだよ」

言い直されてドキリとする。男の子を呼び捨てなんて経験がない。躊躇《ためら》っていると「言ってごらん」と催促された。近い。声が、息が、頬《ほお》に触れる。どうしてこんなに密着しているんだろう。必死でハルの胸を押し戻しながら、逃げたい一心で彼の言葉にしたがった。

「ハ、ハル」

「――うん。まあ、今日はこのくらいで許してあげる」

気味が悪いくらい晴れやかに微笑んでハルが離れていく。吹き抜ける風で、ようやく私は大量の汗をかいていることに気づいた。風で冷え、一気に体温を奪っていく。

ハルの先導でたどり着いたのは、村の中心部を貫く川よりはるかに小さなせせらぎだった。石は苔《こけ》むし、澄んだ水は木漏れ日でキラキラと輝いている。深さはないけれど、ところどころにくぼみがある不思議な小川だ。

ハルは私を岩に座らせると右足から再び靴を取り去り、清水で冷やすように提案した。

「即席の湿布《しっぷ》よりこっちのほうがよく冷えるから」

どうやら揉んだ草は湿布代わりだったらしい。川につけると草は流され、瞬《またた》く間に視界から消えた。水は思った以上に冷たく、痛みでじんじんする足には気持ちがよかった。

「ハルは、私のことを知ってるの？」

ハンカチを清水で軽く洗った彼は、草の汁が取れないことを気にする様子もなく「忘れるわけがない」と返してきた。

「幼なじみだから当然だよ。でも、八年ぶりに会ったわけだし、礼儀として尋ねておくね。僕は君をどう呼べばいい？」

　さっきから私は返答に窮《きゅう》してばかりだ。でも、この質問に関しては答えが出ていた。お母さんの旧姓にはまだ慣れていないし、そもそも村の大半は古石川さんだ。だから一択だ。迷う必要もない。にもかかわらず、改めて訊《き》かれると答えづらい。

　咳《せき》払いして、ちらりと彼の麗《うるわ》しい顔を盗み見る。

「ト……トーコ、で、いい」

「わかった。よろしくね、トーコ」

　自分から指定しておいて照れるなんて免疫がなさすぎるが、キラキラと輝くハルの笑顔に目が泳いでしまう。ぐっと唇を嚙みしめ、気持ちを奮い立たせて質問した。

「魔女っていうのは？」

「魔女は魔女だよ。僕は魔女の末裔《まつえい》。君は知ってるはずだけど？」

　またさっきと同じとりとめもない設問が投げられ、どう答えれば正解なのか見当もつかずに押し黙る。そうして訪れた沈黙はひどく気まずく、私は逃げるように視線を足下に落とした。水中に小さな魚がいて、小石の陰《かげ》を素早く移動しているのが見えた。

「この村では蛍《ほたる》が見られるんだって。覚えてない？　君が教えてくれたことだよ」

ハルの言葉には棘《とげ》が隠されている。早く、なにか適当なことを答えなければ。空気を読んで、気の利いたことを言わなければ。そう思うほど、頭の中は真っ白になっていく。

なんとか口を開く。直後に犬の鳴き声が聞こえ、生い茂る草の中から柴犬が飛び出した。

「え、なに……!?」

鳴き方が尋常ではなかった。明らかに威嚇《いかく》する吠《ほ》え方だ。

とっさに立ち上がると右足が丸い石を踏んだ。身じろぎした拍子に石が大きく傾いて、足を乗せている私の体も同じ方向に傾いた。

「トーコ!」

ハルが私の腕をつかむ。でも、彼が立つ場所も私を支えるにはあまりにも不安定だった。引き戻そうとした勢いで彼もバランスを崩し、小川に突っ込んだ。瞬時に状況を判断して体を入れ替えたのは、運動神経の賜物《たまもの》だろう。

私のクッションになった彼は、水中で潰《つぶ》れていた。

「だ、大丈夫!?」

「冬じゃなくてよかった」

小川に寝転んだまま胸を撫で下ろす外国人。冬じゃなくてもだめな気がする。手を差し出して引き起こすと、どんぐり眼《まなこ》の柴犬がびしょ濡《ぬ》れの私たちを見てけたたましく吠えた。

首に巻かれたペイズリー柄の赤いスカーフが戦旗みたいで不気味だ。牙《きば》を剝《む》き出しにしてうなる姿は狂暴そのもの――それなのに、ハルは瞳をきらめかせていた。濡れた前髪を繊細な指でかき上げる仕草も美しく、犬に向かって極上の笑みを向ける。

「おいで。なんて魅惑的なしっぽなんだろう」

なぜポイントがしっぽなのか。小川から上がることなく、ハルは低い位置から犬に手を差し出している。私と同じようにハルを不審者と認定したのか、柴犬がじりっと後じさる。怯《おび》えたようにいっそう激しく吠え立てる彼《犬》にちょっと同情したくなる。

「危ないよ」

犬が可哀相だ。どちらを心配していいのかわからないままハルに声をかけた。

「大丈夫。こっちにおいで。君は柴犬？　いい毛並みだね。とても素敵だ」

なんだろうこの人。声が甘い。犬に素敵なんて、普通そんな言葉を使うだろうか。どうあっても犬に触れたいらしく、ハルは根気強く「そのスカーフも似合ってるよ。目もチャーミングで歯並びは完璧だ」と褒めちぎっている。

この不審者、置いていこうか。いやしかし、〝運動もできて人当たりもいい優等生の佐々木さん〟がそんな態度でいいのだろうか。見知らぬ外国人を放置してなにかあったら寝覚めが悪いし、私の評価だって落ちかねない。

無理にでも引き剝がそう。そして安全なところに移動したらそのまま別れよう。どうせただの旅行者だ。疑問は多々あれど、深くかかわる必要はない。

私はそう結論を出し、ハルのシャツをひっぱった。

「ねえ、やめたほうが……」

「こら！　待て!!　逃がさんぞ!!」

唐突に男の人の太い怒鳴り声が響いた。ワイシャツにジーンズを穿《は》いた小太りのおじさんが、犬が走ってきた方角から棒を振り回しながらやってきた。犬の鳴き声を聞いて駆けつけてくれたらしい。ほっとすると、「この卵泥棒！」と続けて怒鳴られた。

「……卵泥棒……？」

見知らぬおじさんの視線は、犬ではなく私たちに向いていた。

「今日も盗《と》りやがって！　どこのどいつだ!?　見ない顔だな!?」

私はぎょっとし、ハルはきょとんとする。息を弾ませたおじさんは、しっぽをふりつつ吠え続ける柴犬の隣に立った。

二度瞬《まばた》きしたハルは、落ち着き払って立ち上がった。

「誤解です」

おじさんはハルを見て少したじろいだ。その気持ちは痛いほどわかる。こんな場所に外国の人がいたら誰だって驚くだろう。しかも彼は目の覚めるような美形で、オプションで濡れていた。狂暴な色気が五割増しだ。

「私たち、泥棒じゃありません」

見とれていた私は、慌てておじさんにそう訴えた。

「──どこのもんだ？」

「佐々木です」

警戒するおじさんに答えてからはっとした。両親が離婚してお母さんの旧姓になったから今は『古石川』なのに、十六年間使い慣れたほうを口にしてしまった。

「佐々木？　佐々木って……なんだ、あんた愛子ちゃんの娘か？　卵泥棒なんてして、お母さんが泣くぞ。しかも、あんなものまで……感心しないなあ」

おじさんが指さす木陰にはビールの空き缶が転がっていた。しかも飲み口からタバコの吸い殻《がら》まで出ていた。

「違います！」

優等生で通っている私がタバコなんて吸うわけがない。おじさんがお母さんを知っていたのは幸いだが、こんな誤解をされるなんて考えもしなかった。

「正直に謝るんなら許してやるから」

焦る姿がますます怪しく見えたのか、頭から犯人と決めつけるおじさんは犬とともに仁《に》王《おう》立ちで謝罪を待っている。ハルは空き缶から視線をはずすとおじさんに向き直った。

「僕たちはタバコを吸ってません。それより、卵はどこから盗まれたんですか？」

尋ねる声は落ち着いていて、私もおじさんも、柴犬ですら息を呑んで彼を見つめた。木漏れ日が彼をとても神聖なもののように演出していた。

「僕たちを案内してくれませんか？」

「お、……おお、こっちだ」

気圧《けお》されたおじさんが犬を引き連れ歩き出す。証拠品だと言わんばかりに吸い殻入りの空き缶を拾い上げる姿に閉口しながら私たちはその背を追った。たどり着いたのは養鶏場《ようけいじょう》だ。ただし、ケージではなく広い敷地を金網で囲った平飼いで、全身が真っ白で鶏冠《とさか》の赤い鶏《にわとり》や、全身が茶色の鶏、黒っぽい鶏、明るい羽毛の鶏などが自由に歩き回っていた。鶏は「けっけっ」と鳴きつつ一歩一歩踏みしめ、ときどき地面をひっかいて貝殻の欠片をついている。虫でもいたのか、草の中をしきりとつついている鶏もいた。

犬はバネのついた網戸《あみど》を鼻で押して養鶏場に入り、鶏たちのあいだを巡回しはじめた。

「ポチが番をしてるんだ。怪しいやつがいたら嚙みつくように言ってる」

おじさんは当然とばかりに断言した。犬の放し飼いは問題だし、他人を傷つけたらニュースにだってなりかねないのに、全然心配する気配がない。

養鶏場の奥には木造の鶏小屋があったが、暑さのためか、鶏のほとんどが木陰に集まっていた。

「僕たちが犯人じゃないって証明できればいいんですか？」

思案げにハルが尋ねると、おじさんは「そうだな」と戸惑い気味にうなずいた。

「じゃあ証明しようか、トーコ」

「証明って……それ、卵泥棒を捕まえるくらい難しいよ」

悪魔の証明だ。やったことの証明より、やっていないことの証明のほうがずっと難しいなんて私でも知っている。

「そうだ！　卵泥棒を捕まえれば、潔白も証明されて一石二鳥じゃないか！」

おじさんは嬉々《きき》として手を叩いた。疑われたままは避けたいが、引っ越し早々面倒事に巻き込まれるなんてもっといやだ。私はやんわり辞退しようとした。だがハルは、「トーコ、がんばって！」と無責任にもキラキラの笑顔でエールを送ってきた。

まさか卵泥棒事件の評価が後々《のちのち》まで影響することになるなんて。

このときの私は考えもしなかった。

2

「私、卵泥棒を捕まえる気なんてないけど」

番犬ポチを置いておじさんが森の中に消えたあと、私はずぶ濡れの服の端を絞りながら限りなく穏便に抗議した。靴の中までぐっしょりだ。さっきまで心地よかった風が急に冷たくなった気がして肩をすぼめる。

「どうして？　困ってる人を助けられるし、無実の証明にもなるのに」

ハルが驚いたように私のほうを見た。無実の証明はしたいが、あの会話だとどう聞いても私に丸投げだ。そんなのは困るとオブラートに包んで伝えれば、「君は日本人だから、日本流のトラブルには強いかと思った」と、ずいぶん勝手な言葉が返ってきた。

「失礼」

そう断ったハルは、シャツを脱いで軽く絞った。

白い肌と薄い胸、伏せ気味の瞳にかかる長いまつげ。ふっと短く息をついた彼は、濡れて鈍く光を放つ金の髪を細い指でかき上げた。こぼれた滴《しずく》が宝石に見えた。妖精が舞い降りたと言われたら納得してしまうほど透明な存在から、私は慌てて視線を逸らす。

本当に、なにをどう間違えたらこんな生き物が出現するのか。世の中、謎すぎる。

「いやなら拒否すればよかったのに。どうしてさっき言わなかったの？」

聞こえてきた声に夢から現実に引き戻されて顔をしかめた。〝運動もできて人当たりもいい優等生の佐々木さん〟は頼み事を断ったりしないのだ。可能な限り引き受けて、可能な限り最良の結果を出す。それが無理なら自分の評価を下げないように注意して断る。

今回は固辞《こじ》するつもりだった。それなのに、ハルが勝手に引き受けてしまった。

だが、今さら彼を責めても状況は変わらない。

ここは笑う場面だ。苛々を呑み込んで、笑ってなんとかする場面だ。

「あの人困ってたし、助けてあげなきゃだめだよね」

「――そうだね」

彼の言葉を肯定《こうてい》したのに変な間があった。それが私を不安にさせる。

「も、もしかして、魔女ならこういうトラブルも簡単に解決できたりする？」

試されているのではないのか。そう疑って尋ねると、ぞくりとするほど冷たい眼差しが返ってきた。なんだろう。怒り？　悲しみ？　失望？　いろんな感情が入り交じった眼差しが静かに伏せられた。

どうやら私は答えを間違えたらしい。直感した瞬間、作り笑いが不格好にゆがんでいく。

「君は本当になにもかも忘れてるんだね。八年前の、あの夏のことを」

「は、八年前って、私が小学二年生のときだから……忘れてない。引っ越したことくらいで、とくになにかあったわけじゃないし」

そう。一番大きな変化は夏休みに引っ越しをしたことだ。理由は知らない。気づいたら病院のベッドにいて、退院したら全然知らないアパートに連れていかれた。そこが新しい家だと両親は言った。それを聞いて、私はとてもほっとしたことを覚えている。なぜだかとてもほっとして、とても悲しかったことを。

「……なにも、なかった……？」

どうして病院にいたのかも覚えていない私には、忘れていないと言い切れるだけの根拠がない。そのことに、今さらながら気がついた。

あのとき私の身になにが起こっていたのだろう。怪我《けが》をしているわけでも、病気にかかっているわけでもない私が入院する必要なんてなかったはずだ。

ばくんっと鼓動が跳ねた。

忘れている。なにか、大切なことを。そして忘れたことすら気づいていなかった。こんな不自然なこと、どうして今まで見落としていたんだろう。足下から崩れていくような不安に全身が震える。なぜ、あのとき、いったいなにが――。

頬に冷たいものが触れ、私ははっと顔を上げる。触れていたのはハルの手だった。

ハルの青い瞳が苦痛にゆがむ。胸をぎゅっと締めつける色だ。

「ハル……？」

きれいな、きれいな、紺碧の眼差し。

「僕は君が嫌いだよ」

「は……？」

なにそれ。なんなのそれ。突然現れて、わけのわからないことを言って人の心を乱した挙句に〝嫌い〟だなんて、なんて失礼な男なんだろう。

ハルの一言が、胸の奥に巣くう不安を一瞬で吹き飛ばした。子どもの頃の記憶なんて曖昧なものだ。全部覚えているほうが奇跡だ。そんなものに囚《とら》われている場合じゃない。

他人に嫌われるのは思った以上にストレスで、ふつふつと怒りが湧いてきた。

〝運動もできて人当たりもいい優等生の佐々木さん〟に面と向かって嫌いだと言った人なんて、今まで一人もいなかった。出会って間もない彼が、コツコツと作り上げた理想とする〝完璧な私〟を頭から否定するなんて暴挙もはなはだしい。

「訂正を要求します」

「訂正？」

「してくれないなら、私のことを好きになってもらいます」

どんなに嫌いな相手だろうと、親切にしてくれれば悪い気はしないはず。そんな厚意を積み重ねれば、いつか〝嫌い〟という言葉を払拭《ふっしょく》できるだろう。塵《ちり》も積もれば山となる、だ。私は〝完璧な私〟を演出するために導き出された明確で前向きな答えを口にした。

その瞬間、ものすごく冷ややかな目を向けられた。

「つまり僕は君の魅力を探さなければいけないわけか」

難題と言わんばかりのハルに私の表情筋が凍り付いた。

ハルは間違いなく皮肉屋だ。穏やかな仮面を貼り付け、言葉遣いも角が立たない程度に丁寧なのに、その端々にひっかかりを感じる。

落ち着け私、と、自分に言い聞かせる。私はハルにとって「嫌いな女」だ。どこで不興を買ってしまったかわからないが、知り合いのような顔で近づいて、「嫌いな女」である私が混乱しているのを眺めて楽しんでいるに違いない。

ゆがんだ化けの皮を剝がそうと、私はにっこりと笑ってみせた。

「私、〝いい人〟だから心配ないよ」

「……トーコって負けず嫌いなんだね」

「ハルに言われたくない！」

思わず怒鳴り、はっと口を閉じる。いけない。つられてしまった。こほんと咳払いしているとハルが木陰を指さした。もう私には興味がないらしい。ムカつく。

「トーコは怪我人だからあっちで休んでて」

睨んでいると優しい言葉が聞こえてきた。なんだ、いいところがあるじゃない。認識を改めて「私も犯人捜し手伝うよ」と前向きに声をかけてみたら、

「僕の仕事が増えるからトーコはじっとしてて？」

神々《こうごう》しく微笑まれ、私はぐっと唇を引き結んだ。わがままを通し、無理をして足の痛みがひどくなったら結局は彼に頼ることになる。彼の意見はもっともだった。渋々と木陰に移動すると、木の根元に、スリッパや靴下、薄汚れたぬいぐるみ、木箱といったゴミが小さく積まれていた。タバコ入りの空き缶といい、ゴミを捨てる輩《やから》がいるらしい。

「きゃ……!?」

手を伸ばすと、土をかぶったゴミからぬらぬらとした体をくねらせ蛇が顔を出した。

「トーコ、どうしたの？」

「だ、大丈夫、蛇がいただけ」

びっくりして変な声が出た。恥ずかしい。蛇はそのまま草の中に消えた。

「嚙まれてない？」

「うん。……蛇って、確か卵を食べるよね？」

「犯人が蛇だと証明するのは難しいよ」

可能性を口にしたらあっさり否定されてしまった。あの思い込みの激しいおじさんは、蛇が犯人だったとしても信じてくれそうにない。納得させるだけの証拠が必要だ。

「第一、蛇がそれほど頻繁に卵を食べるなんて考えられない」

「そうかもしれないけど……私、今日こっちに来たばかりよ？　卵なんて盗ってる時間ない。それをさっきのおじさんに伝えれば……」

「納得してくれると思う？」

ハルの問いに溜息が出た。たとえお母さんが証言してもおじさんは納得してくれないだろう。実際、移動手段なんていくらでもある。時間もお金もかかるけれど、タクシーを使えばお母さんの証言なんてあってないようなものだ。

項垂れる私を見てハルは肩をすくめ、すっと膝を折った。

「卵がある。普通は朝に産卵箱で産むんだけどな」

草の中から白くて小ぶりな卵を拾い上げ、ハルは興味深げに目を細めた。動き一つひとつが優雅だ。彼は近づいてくる鶏に「ごめんね」と声をかけ卵を草の中に戻し、「あ、こっちにも」と一回り大きな赤玉を指さした。ちょうどそのとき、話し声が近づいてきた。木々のあいだに人影が見える。ファンシーな絵柄がプリントされた割烹《かっぽう》着《ぎ》を着た小柄でふくよかなおばさんたちが賑《にぎ》やかに通りすぎていく。

「ここ、意外と人通りが多いみたいだね」

間をおかずにおばあさんが一人、さらにカゴいっぱいのキュウリを運ぶおじいさんが一人、小道の奥に消えていった。あの中に犯人がいるなんて軽率な考えだが、誰もが簡単に卵を盗める状況だとわかるとすべてが怪しく見えてくる。犯人が複数いて、代わる代わる卵を盗んでいる可能性だってあり得る。そうなると特定はますます困難になるだろう。

「さっきの人たち、近所に住んでるのかな。話、訊けないかな」

「行ってみる？」

質問にうなずくと、養鶏場から出たハルが手を差し出してきた。どうやら女性をエスコートするのは彼にとってごく自然なことであるらしい。断ろうと思ったけれど、足に負担をかけたくなかったので渋々と手を伸ばす。だけど、つかめない。自分から異性と手を繋《つな》ぐなんてハードルが高すぎる。

「立てるから、大丈夫……って、ひゃっ！」

強引に手をつかまれた。反動で立ち上がるとひょいっと腕が腰に回り、引き寄せられる。顔が近い。やばい。息ができない。

「つかまって」

ハルはそう言って私に肩を貸してくれた。

嫌いな相手にも分け隔《へだ》てなく接するのは処世術だ。負の感情を持っていると気づかれるだけで自分の価値が下がる気がして、私は誰とでも平等につきあってきた。でも、ハルのそれは私のものとは明らかに違う。ハリボテの親切心や自分をよく見せるための行動ではなく、日常の一部であるかのように行為自体に違和感がない。

森を進むと小道に出た。車が一台ギリギリ通れる程度の幅で、家と家を繋ぐために自然とできた未舗装の道だ。奥に屋根がいくつか見える。表札を確認してハルが目を瞬いた。

「古石川だ。向こうも、その隣も。もしかしてあっちの家も？　そういえば、村の名前も古石川村だった。ここは古石川一族の村？」

「みんなが親戚ってわけじゃないよ。昔、名字を決めるときに、村で一番偉い人が『古石川』って名乗りはじめて、みんながそれを真似《まね》たからこうなったって聞いてる」

古石川村が炭鉱《たんこう》の町になったのは大正に入ってからだと小学校で教えられた。そして、第一次世界大戦後の世界恐慌で瞬く間に衰退《すいたい》、満州事変《まんしゅうじへん》で持ち直すも結局は他の鉱山同様に廃鉱へと追いやられたという。

採掘にはたくさんの水が必要だった。そしてここには豊かな水源があり、化石燃料である石炭《せきたん》が採《と》れた。昔の人は石炭という古い石が宝に見えたのだろう。もっとも、危険と隣り合わせである炭鉱での仕事は、決して楽なものではなかったはずだ。

抗夫《こうふ》とその家族が暮らしていた炭鉱住宅は、廃鉱後に潰して田畑や校舎になった。通いの抗夫が暮らした家々も、もう木々に呑み込まれて跡形もない。

かつての賑わいはすでにない。ここは時代に取り残された死にゆく村だった。

郷愁に胸が痛くなる。風に揺れる木々の合間から見える青空に目を細めていると視線を感じた。ハルが私をじっと見ていた。

「あ、ごめん。犯人捜さないとね」

私は慌てて辺りを見回す。すぐに、派手な割烹着を着た白髪のおばあちゃんが二人、野菜の入った籠《かご》を背負ってやってきた。

「こ、こんにちは！　あの、私……」

「あれ、董子ちゃんじゃねえの！　大きくなって！」

「あれまあ、ほんとだ。董子ちゃんだ。べっぴんになって！　こっちの外人さんは、董子ちゃんのこれかい？」

ぐいっとしわくちゃの手が持ち上がり、親指が突き立てられた。ぎょっとする私に、もう一人のおばあちゃんがしわしわの手を鼻先でふった。

「梅《うめ》さん違う違う。ほら、ハルさんだよ、ハルさん。越してきただろ。はずれの家にさ。回覧板見てねえのか？」

「ああ、ハルさんか。まー、べっぴんさんだねえ。寿命が五十年は延びたね」

「あんたいくつまで生きる気だよ」

「ちゃあんと松《まつ》さん見送ってやるから心配すんなって！」

がははっと笑った二人は「じゃあまたな」と手をふった。

「な、な、なにも訊けなかった……!!」

テンションについていけなかった。

「あの人たち、トーコの知り合い？」

「八歳までしかここにいなかったし、お年寄りの顔ってなんかみんな同じに見えちゃうから薄ぼんやりとしか覚えてないけど、……たぶん、近所の人。もう一人、仲のいいおばあちゃんがいたと思う。それより、ハルって最近ここに引っ越してきたの？」

「そうだよ。誰か別の人に話を聞いてみようか」

詳しく聞こうと思ったら、彼はそれを避けるように私から離れていった。自分を忘れていると不満を漏らしていたのに、自分のことを積極的には話したがらない。もしかしたら自力で思い出すのを待っているのだろうか。

ワンっと番犬ポチの声がして、私はハルと顔を見合わせ養鶏場へと戻った。すると、さっきハルと確認した卵が二つとも消えていた。近くに蛇の姿はない。人がやってくれば視界に入る距離だし、なにより私たちがそうされたようにポチが威嚇していただろう。

さっきまで卵のあった場所は、少しだけ乱されていた。

「……いったい誰が……？」

不審者の足跡を探したが、あったのは私たちが歩いた際に踏み倒した草だけだった。

「さっきのおじいさんが使ってた小道を使ってるのかなあ」

「そこを使ってた僕たちが気づかなかったなんて、相手は忍者とでも言いたいの？」

「腰を落として」

足を庇《かば》いつつ忍者をイメージして中腰で歩くと、ハルに同情の眼差しを向けられた。

「トーコには冗談が通じないんだね」

私は憤慨《ふんがい》して赤くなる。ああ、本当にだめだ。周りをよく見て気の利いたことを言える子のはずなのに、すっかりペースを乱されている。足が無事なら、ストレス発散のために黙々と木を蹴っていただろう。

それにしても、この犬ちっとも役に立たない。番犬なんて返上すべきだ。苛々としつつちぎれそうなほどしっぽをふるポチを見ていると、すぐにあることに気づいてさあっと血の気が引いた。

「もしかして、今回なくなった卵も私たちのせいにされるの……？」

卵泥棒なんていう汚名を着せられる状況だけは避けたい。〝運動もできて人当たりもいい優等生の佐々木さん〟どころか、〝手癖の悪い愛子さんの娘〟になってしまう。

「は、早く、犯人を、捕まえないと……!!」

「鶏が卵を産むのは朝だよ。個体によってさまざまだし午後に卵を産む鶏もいるけど、頻繁に盗んでるならそのくらいは気づくはずだ。だから、今の時間帯に盗みに来るなんて効率的ではないと思うんだけど」

「でも来てるでしょ？　だから卵がなくなってるんでしょ？」

私たちの目を盗み、犬に吠えられることなく卵だけを盗っていく犯人。あまりにもちんけな犯罪者だが、濡れ衣を着せられる身としては大問題だ。

「——朝見張るにしても、暗くなる前になにか手がかりになりそうなものを見つけたほうがいいだろうね」

ハルはそう言ってから「足下、危ないよ」とポチが掘ったらしい穴を警戒して私に手を差し出してきた。

「外国の男の人って、みんなそんな感じ？」

ことあるごとに女の人を助けようとする姿勢について尋ねると「僕は紳士だからね」と返ってきた。魔女で紳士。よくわからない人だ。

私たちはもう一度、さらに入念に養鶏場の周りを見て回った。

人が通ったなら必ずその痕跡《こんせき》があるはずだ。動物だって、爬虫類《はちゅうるい》だって、少しくらいそれらしいものが残っていて当然だ。

だが、どれだけ丁寧に探しても痕跡がない。

寒さに身震いした私は、慌てて日向《ひなた》に移動した。すると瞬く間に体があたたまり、頭なんて五分もしないうちに高温になっていた。まだしっとりと水気を含んでいるが、服も髪もじきに乾くだろう。靴だけは中途半端にあたたまった水でぐしゅぐしゅと気持ちが悪かったが、それでもだいぶマシになった。

小さく息をついて辺りを見回す。

鶏たちを放し飼いにしているスペースは、日向より日陰のほうが幾分広い。奥にある焦《こ》げ茶色の木製の箱の辺りは完全に日陰になっていて、白と茶色の鶏がその周りをしきりと足でひっかいていた。

「……本当は卵なんてなかったとか」

「さっき二つ確認したよね？」

「誰かがいたずらで隠しちゃってるとか！」

ハルは軽く肩をすくめた。このまま犯人が見つからなかったら、ずっと鶏を眺めてすごすことになる。そんな不毛なことは絶対にいやだ。

金網に不備がないか必死になって確認していると、呑気なことにハルは木陰に向かいゴミの中から薄汚れたテニスボールを拾い上げ、しげしげと眺めてからクリーム色の物体をつかんだ。その物体は細長く、片側に瘤《こぶ》のようなものがついていた。

「骨……!?」

小動物ではあり得ないサイズだ。私が青ざめると、ハルはそれをひょいひょいと左右にふった。

「骨の形をしているけど、これは骨じゃないよ。まあ、僕たちが使うことは滅多にないものではあるけれど」

「骨じゃないの……？」

表面に無数の穴が開いているが、遠目には骨にしか見えない。私が困惑していると、ハルは慌てるそぶりもなく養鶏場を見た。相変わらず鶏は呑気に地面をつつき、ポチはキリリと巡回していた。日向を歩く鶏を見つけたポチが鼻で器用に日陰へ誘導する。ここは暑いから涼しいところにおいで、そう言っているみたいだ。ポチの誘導に素直にしたがって移動をはじめる鶏の姿はほのぼのとしていた。

ハルの視線は、いつの間にか足下のゴミの山に戻っていた。

「そのゴミがどうかしたの？」

「これがゴミに見える？」

「ゴミにしか見えない」

靴や靴下なんて、片方だけじゃなんの役にも立たない。薄汚れたぬいぐるみを喜ぶ人もかなり特殊な部類に入るだろう。骨のように見えて骨ではないなにかも、私たちが使わないのならつまりはゴミということになる。

「君から見れば触れたくもないただのゴミだろうけど」

そこまでは言ってない。が、いちいち反発するのも大人げない気がして、私は養鶏場から離れ彼に近づいた。

「少なくともポチにとっては大切なものだ。食べきれなかったエサや宝物を隠すのは野生だった頃の名残だよ」

動物に対し、彼の愛情はストレートであるらしい。私に対してはなにかしらひっかかる物言いをするのに、犬のことを語る彼にはとげとげしさは微塵《みじん》もなかった。

「……友だちが飼ってる犬も、ソファーに食べ物を隠して困るって言ってた」

「うーん、多頭飼いなら周りを警戒したりするからね。もちろん、単純にエサが多い可能性もある。あの子みたいに大事なものを隠す子もいるんだよ」

どうやら観察が必要らしい。

ハルは養鶏場に戻ると、奥にある小屋に隣接する小ぶりな箱に向かい、中の様子を確かめてから壁にかけてあるアルミと木で作られた柄杓《ひしゃく》をそっと箱の中に差し込んだ。

「どうして二つも巣箱があるの？」

「隣は鶏小屋でこっちは産卵箱。鶏が安心して卵を産めるように用意されたものだ」

柄杓でひっかけて取り出した卵を、ハルがにっこりと私に見せてくれた。

「そ、そこから卵盗っちゃだめでしょ!?」

これじゃ本当に卵泥棒だ。おじさんに見つかったら言い逃れできない。慌てる私にはお構いなしに、ハルはうろうろと歩き回るポチに卵を見せた。ポチはしっぽをふりながら忙《せわ》しなくハルの周りを走り、ときおり甲高《かんだか》く鳴いた。

お前が犯人か！　というよりも、それどうするの？　ねえどうするの？　といった表情だ。くりくりの目でハルを見上げ、ときどきぴょんと跳んでいる。

「ハル、それ戻したほうがいいんじゃない？」

異変を察知したのか牙を見せはじめる番犬に、私はすっかり及び腰になっていた。今にもけたたましく吠えそうだ。おじさんも許可していたし、噛みついてくるかもしれない。チラチラ見える犬歯は凶器だった。

「これ一つしかないんだ」

「一つだろうと二つだろうと盗んじゃだめでしょ！」

私は悲鳴をあげるが、ハルは我関せずと言わんばかりにうなりはじめたポチを連れて養鶏場の中を歩き回り、立ち止まると卵を草の上に丁寧に置いた。燦々《さんさん》と降りそそぐ日差しが草どころか卵さえ焼いていく。

「こんなところに置いてたら卵が傷《いた》むんじゃ……」

そのときだった。卵に鼻をくっつけてにおいを嗅《か》いだポチが、口を開けるなり卵を器用に咥《くわ》えたのだ。

まさかこの犬、生卵を食べるのか。犬が雑食なのは飼っていない私でも知っている。けれど、卵を殻ごとだなんて考えもしなかった。

「犯犬《はんけん》！」

「食べてないよ」

ハルに言われて私は「えっ」と声をあげた。ハルの指摘通り、ポチは卵を下顎《あご》にのせ、口を半開きにして噛み砕かないよう注意してそろりと歩き出したのだ。そのまま鼻で金網を押して養鶏場を出ていく。

「追うよ、トーコ」

「追うって、食べるんじゃないの……!?」

ゆったりとしっぽをふりつつポチは獣道《けものみち》を歩き、途中で道を逸れるなり草むらに入っていった。呆気《あっけ》にとられる私をよそに、ハルは冷静にそのあとを追う。やがてポチは、いっそう草が深い木の下にたどり着くと卵を草の中に置き、その隣をせっせと掘りだした。土の中から卵の殻と、なんともいえない異臭がただよってきた。犬は鼻がいいはずなのに、どうして気にしないのだろう。穴を掘っているとばかり思っていたがその逆で、ポチは大切に運んできた卵に中途半端に土をかけると満足したようににおいを嗅ぎ、鶏たちが待つ養鶏場へ悠然と戻っていった。

「これで僕たちの潔白は証明できるね」

ハルは鮮やかににっこりと微笑んだ。

3

「いやあ、すごいんだよ菫子ちゃんは！」

夜八時すぎ、ビールをなみなみとついだグラスを片手に、顔を真っ赤にしておじさんが語るのは、昼間あった〝犯人捜し〟の顛末《てんまつ》だった。

場所は古くて新しいわが家だ。居間のふすまを取り外し、囲炉裏のある板の間を合わせた二十畳に、新入りを歓迎しようと鍋ごと手料理を持って村の大人たちが集まっている。そこで、〝おじさん〟こと古石川信也《しんや》さんが派手な身振りで演説をしたのだった。

信也さんは、「さすが作家先生の娘さんだ！」「俺はただ者じゃないと直感したね」「半日で犯人を見つけるなんて、お天道様《てんとうさま》でも思うまい」とひとしきり感心していた。

「い、いいえ、あの、それほとんど彼が……」

私はハルの姿を捜す。彼は八十歳オーバーのおばあさんたちに囲まれて「お人形さんみたいねえ」と髪やら手やらをしげしげと触られている最中だった。

新顔の歓迎会にはハルも呼ばれていた。どうやら彼も数日前に転居したばかりで、せっかくだからみんなで盛大に歓迎しようという話になったらしい。宴会開始が八時と遅いのは、熱中症を防ぐため早朝か夕方に畑仕事をする人が多いのが理由だった。

借り物のテーブルにはビール瓶《びん》が大量に並ぶ。飲み終えてもいないのに、新しくどんどん栓が抜かれて追加されていくせいでビール瓶の渋滞ができていた。

どこぞの古石川さんがビール瓶を持ち上げた。

「信ちゃん困ってたもんなあ」

慌ててグラスに口をつけ、数口飲んでから信也さんがグラスを差し出す。そうして信也さんは、なみなみとつがれるビールを眺めてうなずいた。

「そーなんだよ。とっちめてやんなきゃ気がすまないって思って、まさか犯人がポチだなんてなあ。でも、卵を全部持っていかなかったのはどうしてなんだ？」

「信ちゃんと一緒で犬も抜けてるんだろ」

大声で茶化すのは村長の古石川次郎《じろう》さんだ。至る所から「がははは」と豪快な笑いが起こる。六十代とは思えないくらい若々しくてどっしりと骨太な村長さんは、林家《りんか》、つまりはここ一帯の山林を所有している大地主《おおじぬし》でもある。

「次郎さん、だめですよ。校長先生がそんなこと言っちゃ」

こそっと訂正する五十代の男性は、ワイシャツにネクタイを締めたこぎれいなタイプ。彼は「おお、そうだな先生」と、村長さんに同意されてにこにこ笑っている。

　誰だろうと訝る私の視線に気づいたのか、彼はコホンと咳払いしたあと会釈《えしゃく》した。

「こんな場でなんだけど、古石川分校にようこそ、董子さん、ハルくん。僕は伊木《いさぎ》です。国語と英語と社会を教えています。彼女が……」

「妻の素子《もとこ》です！　理科と数学を教えてます！　今日は来てないけど、娘が小学校教師なのよ。よろしくね」

　隣で焼酎《しょうちゅう》のロックをぐいぐいやっている女の人がご機嫌で言葉を継いだ。アイロンのきっちりかかった白いシャツに濃紺のパンツルック。中学校や高校で複数科目を教える先生に出会ったことがなかったから驚いた。しかも娘が小学校の先生――どう見ても三十代なのに、完全に年齢不詳だ。

「本当はねえ、全科目僕が教えたかったんだよねえ。中学校と高校の教員免許は一度に取れるんだけど、科目が違うとそういうわけにもいかなくて。それに理科は専門的な知識がこうね、いろいろと多くって」

「邑政《むらまさ》先生は記憶力抜群にいいのに、運動と科学苦手なんですよね」

「そうなんだよ、素子くん」

　――この二人、もともとは教師と教え子だったのだと、信也さんがこっそり教えてくれた。小学校教師の娘というのが邑政先生の連れ子で、お互いの連れ子があと二人いるのだとか。素子先生が三十七歳と知って少しほっとした。ちなみに体育は村長さんが教えてくれるらしい。もとは体育教師で、家業を継いだお兄さんが事故で亡くなったので急遽《きゅうきょ》林家を任され、校長と体育教師も兼任しているとの話だった。六十代がお年寄りという認識は捨てたほうがよさそうだ。日々に追われていた私よりよっぽど行動力がある。

「うちのはやっぱりバカ犬か」

どこからか犬の遠吠えが聞こえ、信也さんは盛大に溜息をついた。

「あの子は賢《かしこ》いです」

私はとっさにそう言い返していた。バカな犬はあんなことなんてしない。少なくとも、私にとってあの犬は、とても熱心に働く優しい子だ。

「賢い？　ポチが？」

「あの子は日が当たるところにある卵だけを移動させてたんです」

親鳥が熱中症にならないよう誘導したポチは、卵も同様に涼しい場所に運んだのだ。産卵箱は涼しかったので彼の管轄《かんかつ》ではなく、日が当たって傷みやすくなる卵だけを、宝物でも隠すように持っていった。卵を移動させたあとの姿は、どこか誇らしげだった。

もちろん、回収されなかった卵はそこで腐ってしまっていた。だから信也さんの言葉もまったく的外れではないのだけれど、それでもポチは自分の役割をよく理解し、大切なものをあの場所で守っていた。キリリと胸を張って鶏たちのあいだを巡回する姿を思い出すと、今も胸の奥がほっこりする。

「あの子を怒らないでください」

私が頼むと、信也さんは感激して身を乗り出してきた。

「作家先生の娘さんは言うことも違うなあ！」

「いえ、あの、そういうわけじゃ……」

「たいしたもんだ。疑って悪かったな。タバコもな、ありゃどうも、よそもんの仕業らしくてな。だからこれ、お詫《わ》びだ」

信也さんがカバンをさぐって私の手の上に卵を二つ置いた。「新鮮だぞ」と、ポチ同様に誇らしげな顔で語っている。断るのも悪い気がして受け取ると、おばあさんの集団をかいくぐってハルがやってきた。

「やあ、名探偵」

なくなった卵を見つけたのはハルだ。私は思わず彼を睨んだ。

「ワトソンくんが探偵をはじめたら、ホームズは破天荒《はてんこう》なただの変わり者になるじゃない」

「彼の魅力は行動力だと思うけど」

「そこ込みで変人なんでしょ」

名探偵という揶揄《やゆ》にちょっとカチンときて言い返してみたものの、私は破天荒でもなければ変わり者でもなく、行動力もからっきしだ。言っていてバカバカしくなってきた。

「菫子、ビール取ってきてくれる？」

お酌《しゃく》に回るお母さんに頼まれて玄関に向かう。玄関先に積まれたケースには瓶ビールが二十本ずつ入っていて、料理と同じようにこれも村の人たちが持ってきてくれたものだった。宴会は互いに負担がないよう持ち寄りで楽しむのが古石川村流なのだろう。

ビールは思った以上に重い。足に負担がかかるんじゃないかとひるんでいると、ハルが横からひょいっと持ち上げた。

「ありがとう」

お礼を言ってから私は奇妙なことに気がついた。

「ハルが私の幼なじみなら、どうして誰もハルを覚えてないの？」

自分の中にある曖昧な記憶を探すと、それは自然と八歳の夏にたどり着く。古石川村ですごした最後の夏で、地元民ではない先生以外、多くの村民が覚えているはずのものだ。ハルの目立つ容姿から考えても覚えているほうが自然だろう。

けれど、誰もハルを懐かしがらない。私を含めて誰一人。

「君は意外といいところに気づくね」

驚倒したという顔だが、むしろそこに気づかないほうがどうかしている。私に対する評価が驚くほど低いことに絶句し、穏和に保っていた表情筋もひきつっていく。

「その調子で、僕が理想とするところの君であってほしかったよ」

心底がっかりとされてしまった。本当に彼は失礼だ。私が作り上げてきた〝運動もできて人当たりもいい優等生の佐々木さん〟の幻想をあっさりと打ち砕いていく。

それでも怒りにわれを忘れず笑みを作ってみせた。意地だった。

私を見つめ、ハルは小さく息をつく。

「僕は君に出会って失望しっぱなしだ」

ハルの言葉にくらりとした。たった一日一緒にいただけでこの言われよう——出会ったときは木を蹴りまくるという醜態《しゅうたい》をさらしたたし、卵泥棒を特定したのは結局ハルだったし、そんな事実を信也さんに伝えきれずにいるわけだけれど、それでもここまで言われる筋合いはないと思う。

「君はとてもつまらない人間だ」

とどめの一言に、私はもうなにも考えられなくなった。

第二章　夏の学校

1

朝起きると目の前に天使がいた。

いやこれは妖精か。

わずかに開いたふすまから差し込む光に、妖精の髪は宝石をちりばめたかのように輝いていた。白い肌に長いまつげ。朝露《あさつゆ》が生み出したに違いない儚《はかな》げな存在は、男でも女でもないからこんなふうに純粋に賛辞を贈りたくなるほど美しいのだろう。

手を伸ばす。金色の髪に触れると、綿菓子《わたがし》みたいにびっくりするほど柔らかかった。

もしかしたらこの妖精は、とても甘いのだろうか。

頰《ほお》は飴《あめ》細工に違いない。嚙《か》んでみようか。きっとそれは瞬《また》く間に溶け、口いっぱいに広がって細胞の隅々《すみずみ》にまで行き渡る。

「……待って。どうして君は僕を嚙もうとしてるの」

妖精を押し倒して「あーん」と口を開けていると下から声が聞こえてきた。ああ、瞳はソーダ味のキャンディーだったのか。じゃあこっちから、と、標的を変えたらお母さんの悲鳴が聞こえてきた。

「ちょっと！　男の子襲っちゃだめよ!?」

言われた瞬間、驚くべきことに気がついた。

「飴細工じゃない」

「それはがっかりしながら言うこと？」

茫然《ぼうぜん》と座り込む私から逃げたハルが、さっと体を起こして乱れた服を直した。

「もー、大丈夫？　熱は……ないみたいね」

呆《あき》れながらお母さんが私の額《ひたい》に手をあててくる。ひんやりと気持ちいい。

「熱？」

「昨日、宴会の途中でへたり込んじゃったのよ。調子が悪かったならそう言いなさい」

「……調子は悪くなかったけど」

少し頭がぐらぐらしていたが、それはハルの言葉がショックだったせいで――思い出すとムカムカしてきた。〝失望〟という言葉は想像以上に強烈なダメージになる。〝つまらない人間〟というのもブラックリスト入りだ。人格を否定し、胸をえぐる言葉だ。

「小川で転んで濡《ぬ》れたままでいたせいだよ。僕も軽率だった」

私の心をえぐった男が神妙な顔でそんなことを言い出した。

「いいのよ、気にしないで。ハルくんの作ってくれたお茶で落ち着いたみたいだし、それに、ずっとついててくれて助かったわ。本当は途中で代わるつもりだったんだけど、気づいたら朝で……」

「引っ越しで疲れてたんですよ。宴会も十一時までだったし。僕はこういうの慣れてるので平気です」

「ありがとう、頼もしいわ。あ、朝食食べていってくれるわよね？」

「いえ、もう帰ります。長居してすみません」

「そんな……こちらこそごめんなさいね」

なぜだかお母さんとハルが和気藹々《わきあいあい》だ。私はまだ働かない頭で二人を交互に見て、思い切り首をかしげていた。

「ハル、ずっとここにいたの？」

「寝顔は悪くなかったよ」

ほがらかに言われて私は真っ赤になった。ああ、夢の続きで食べてしまえばよかった。そうしたら、きっと幸福な幻想の世界に埋没《まいぼつ》できただろうに。

ぶるぶる震えながらも、私は「ありがとう」と言葉を絞りだした。

「風邪をひかなくてよかった」

これだけは本心なのか、彼は率直に告げる。

「風邪の予防にはエキナセアとローズヒップのハーブティーがいいんだ。ヒソップ、エルダー、シナモン、それからハチミツを入れて、ね」

なにかの呪文のようだ。ハーブティーとは縁のない私は、どうやら昨日、ハルの作ったそれを飲み干してから爆睡してしまったらしい。

「……お、お世話をおかけしました」

頭を下げると、ハルはきょとんとしてから微笑《ほほえ》んだ。

その顔はやっぱりどこか皮肉っぽく、私をからかうようにひきつっていた。


朝は比較的涼しかったが、食事を終えたころから気温がぐんぐん上がり、昨日使った大量の食器を布巾《ふきん》で拭いて棚にしまっているだけで汗がにじみ出てきた。

「お母さん、洗濯物はどこに干すの？」

「あ、そうだわ！　まだ途中だった！」

洗濯が途中、という意味がよくわからない。だが、足に湿布《しっぷ》を貼ったあと勝手口から外に出てようやく思い出した。大型の洗濯機は邪魔になるからと、近所の人に使わない二槽式の洗濯機を譲ってもらったとお母さんが言っていたことを。

「え、なんでこれ二つも入れる場所があるの？」

だから二槽式と言うのだけれど、そもそも使い方がわからない。お母さんが「左側で洗って、右側でしぼるのよ」と教えてくれた。上のタイマーで洗濯方法や脱水時間が設定できるらしい。「つけ置き洗濯もできるのよ！」と、まるで技術の結晶が目の前にあるかのように力説されたが、どう見ても時代遅れだ。ゆすぐのだって、いったん脱水をしてからもう一度水をためておこなわなければならず、しかもすべての工程が人の手を介するので、全自動洗濯機の素晴らしさが身に染みてわかった。

四十分かけて悪戦苦闘の末に洗濯を終え、私はぐったりと部屋に戻った。

すると今度は暑さとの戦いになった。

窓を開けてもさほど風が通らず、代わりに蚊《か》が寄ってきた。

「お、お母さん、エアコン！」

「注文はしたけど、取り付け工事が一カ月後なのよ。ほら今年、暑いでしょ？」

「扇風機！」

「そうね。あとは蚊帳《かや》かしら。網戸《あみど》が木製だからところどころ腐って穴が開いてるのよね。信也《しんや》さんがときどき空気入れ換えてくれてたけど、やっぱり人が住まないとだめねえ」

私を卵泥棒と勘違いした信也さんは、どうやら親類であるらしかった。全然覚えてないと青くなると、「仕方ないわよ。村の外で働いてた信也さんとは、お葬式のときくらいしか顔を合わせなかったもの」と、お母さんは気にした様子もなく笑っていた。

平々凡々に一日が暮れ、古石川《こいしかわ》村に引っ越して三日目の朝、顔をひよこにつつかれて目を覚ました。信也さんからもらったのは有精卵だったうえに新鮮でもなかったらしい。とても飼えそうにないので信也さんの家に持っていくと、代わりに卵を十個もらった。

「ねえお母さん、ハルのこと覚えてる？」

　お昼の支度をするお母さんにそう尋ねると、お母さんはぱっと目を輝かせた。

「え、なに？　ハルくん有名人だったの!?　モデル!?　日本語上手よね！　サインもらっておいたほうがいい!?」

「ち、違う。そういうのじゃないから！」

「えー、違うの？　でも、モデルだって言われてもお母さん信じちゃうわ。格好いいわよね。ほら、宴会の途中で董子《とうこ》が倒れちゃったときも、血相変えて家を出ていって、すぐに戻ってきてハーブティー淹《い》れてくれたのよ。董子がマズいから飲めないって駄々こねたらハチミツ入れてくれて、こうね、肩をぎゅっと抱きしめて、大丈夫だからゆっくり飲んでって、もー、なにあの王子様！　お母さんのほうが照れちゃったわー」

　初耳だった。さすが自称紳士、やることが気障《きざ》だ。想像するだに恥ずかしい。

「しかも朝まで看病でしょ。ハルくん、イギリス人なんですって。イギリスの男の人はいいわよ。誠実で女性に優しくて、ユーモラスで紳士！」

「エセだよ!?」

　思わず叫んだ。ちっちちっちっと、お母さんが珍しく陽気に舌を鳴らした。

「なに言ってるのよ、イギリス男子は小さなうちから紳士よ。そういうふうに育てられてるの。夫にするなら絶対イギリス人よ！」

「ハルなんて、嘘《うそ》つきだし、皮肉屋だし、ものすごく攻撃的じゃない！」

「あらあら～、いつの間にかずいぶん仲良くなってるのねえ」

友人たちの恋バナに苛々《いらいら》していたけれど、まさかお母さんから恋バナをふられて焦るなんて思わなかった。私の必死な訴えは、お母さんには照れ隠しに聞こえているらしい。

「わかるわ。あんなに格好いい男の子だと緊張しちゃうわよね。わかる、わかる。なんかもう、絵本の中からイケメンが飛び出してきたぞー!!　って感じだものね！」

たとえが意味不明だ。でも、お母さんの中で、ハルの評価が素晴らしく高いことだけは理解できた。私の訴えがまるで届かないほど。

「誠実な男の子なら、お母さん、全力で応援するわよ」

真剣なつきあいなら、という言葉を、お母さんは使わなかった。

「お母さん……？」

「さあ、お昼作っちゃお。菫子は勉強するんでしょ？　できたら呼ぶから」

お母さんは明るく手をふった。

台所には夏野菜が並んでいる。近所の人たちが持ってきてくれるのだ。キュウリ、トマト、ナス、枝豆、ピーマンにオクラ、ゴーヤ、やっぱり目立つ黒々と光る大玉スイカ。どれもびっくりするくらい新鮮で、そして、二人ではとても食べきれない量だった。

私は浮かれるお母さんの横顔を盗み見る。お母さんもハルのことを覚えていない。村の人も、もちろん私も。つまり彼は予想通り嘘をついていることになる。

「……魔女ってどんなイメージ？」

お母さんは怪訝《けげん》な顔をしたが、少し考えてから答えてくれた。

「ほうきに乗って夜空を飛び回るおばあさんね。とんがり帽子をかぶって、黒いドレスを着て、顎《あご》が細くて鷲鼻《わしばな》で、猫を連れてるの。それから、いろんな姿に変身して集会《サバト》に出かける。怪しい薬を作ったり、人を呪ったり……あとは魔女狩りかしら」

お母さんが挙げるものはどれも私のイメージと合致する。

「魔女なんだから女の人だよね？」

「女の人が圧倒的に多かったのは確かね。でも男の人もいたのよ」

「魔女なのに？」

「それは〝呼称〟にすぎないの。気味の悪い力を持った者をそう呼んでいただけ。中には潔白なのに魔女にされて殺されてしまった人もいるのよ」

恨みを買っていたり、金持ちだという理由だけで告発されて裁判にかけられたり、黒子《ほくろ》があるという理由だけで処刑された人もいるらしい。

「菫子がそんな質問するなんて珍しいわね」

「んー、ちょっと気になっただけ。勉強してくるね」

なにか言いたげなお母さんを台所に残し、自室に戻ると椅子《いす》に腰かけ問題集を開いた。

以前通っていた学校と、新しく通う学校、私は二つの学校の課題を確保していた。自分で買うより安くすむし、成績アップに繋《つな》がると思えばやる気も出る。

　そのはずだった。でも、ハルのことが気になってちっとも集中できなかった。そのうえどんどん室内の温度が高くなり、間もなく集中力が完全に尽きた。

「な、なんで、こんなに暑いの……!?」

　風がない。それだけで蒸し風呂の中にいるみたいな熱気で頭がゆだりそうになる。私は錆《さ》びの浮いた扇風機に飛びついてスイッチを入れた。青い羽根がカタカタと異音をたてながら回りだし熱風をかき混ぜていく。ときどきカクンと音をさせて首をふるこの扇風機は、信也さんがくれたものだ。山は意外と暑い日がある、という一言とともに。

「エアコンほしい。せめて新しい扇風機がほしい」

　おんぼろ扇風機でもないよりマシだが、あまりにもうるさすぎる。涼しい場所に避難したいが、外に出ると容赦《ようしゃ》なく照りつける日差しでさらに暑くなるのだから悪夢だ。昼間、田畑に人がいないのも納得だった。

　気晴らしに友人たちとくだらない雑談でもしようかとスマホを手に取るが、村に来てからすっかり見慣れた〝圏外〟の文字と、インターネットに接続していないという無情なメッセージが表示されていた。ＳＮＳは延々と読み込みを続けて進む気配もない。

　溜息《ためいき》をつくと木々が揺れるのが見えた。どきんっと鼓動が跳ねる。

二日前、つまらない人間だと、生まれてはじめて言われた。

失望という言葉のダメージを引きずっていて、ハルとはいまだ口をきいていない。彼が西のはずれ、一軒だけぽつんと建つ家に住んでいることは知っている。だから会いに行くことはできた。文句だって言えた。だけど、胸に刺さった言葉は凶器で、私はより深く彼に傷つけられるのを恐れ、家でじっとうずくまっていた。

再び森が揺れた。

私は野良猫みたいに警戒し、息を殺して森を睨《にら》む。そして、木漏れ日の中、美しい横顔を認めて息を呑《の》んだ。ハルだ。出会ったあの日と同じシンプルな服装の彼は、やっぱり今日も腹立たしいほど華やかで、空気の色さえ違って見えてしまった。

幸い彼は私には気づかず森の中へと消えた。ほっと安堵《あんど》すると、直後に苛々としてきた。こんなに私を傷つけておいて、何食わぬ顔で散歩してるなんて癪《しゃく》に障《さわ》る。

「ちょっと出かけてくる」

そう一声かけて「お昼は？」というお母さんの問いに「いい」と答えて玄関に向かった。光の差し込む私室は暑くてたまらないのに、少しだけ奥まった場所にある玄関が涼しいというのは皮肉だ。私は冷たい靴に足を突っ込み、ぐっと顎を引いて引き戸を開けた。

舗装された道ほどではないが日の照るところは異様な暑さだ。それでも、森に入ると少しだけ涼しくなった。じっくり冷やしたおかげか足の腫《は》れはすっかりひいている。安堵しつつ激しく隆起《りゅうき》する地面に注意しながらハルの姿を捜していると、間もなく辺りを確認するようにキョロキョロと見回しながら歩く美形を見つけた。

「……なにか、探してる……？」

彼が魔女だなんて信じてはいないが――そもそも魔女という存在自体が架空のものだと思ってはいるが、近づきすぎて気づかれるのは避けたい。私は十分に距離をとったうえで木々に隠れるようにして彼を尾行した。

ハルがそっと木に触れる。もしかしたら本物の魔女、あるいは魔法使いと呼ばれるものなのではないか、そう感じてしまうほど、彼の姿は粛々《しゅくしゅく》として神聖だった。

とはいえ、二日前の暴言を忘れているわけでもないので、私の神経はピリピリしている。誰とでも仲良くなれた対人スキルがまったく役に立たなかったいやなやつ――無言で睨むと彼が振り返った。悲鳴が漏れそうになる口を両手で押さえ、即座に首をひっこめる。尾行していたことを気づかれたら、またイヤミを言われそうで心臓がバクバクした。

息を殺し、耳をそばだてる。汗がこめかみを伝う。

やがて、蟬《せみ》の声に交じって草を踏む音が遠ざかっていった。目的のものが見つかったのか、それとも気が変わっただけなのか、彼の行動がさっぱり読めない。不信感を募らせいっそう警戒していると、生い茂る木々の合間から古びた茶色い建物が見えてきた。

「……学校だ」

小学校二年生の一学期まで通っていた木造校舎。引っ越したとき、車中から見たきりの二階建ての建物だった。学校になんの用があるのかとますます訝《いぶか》って、夏休みが終わったら彼もここに通うのだと思い出した。なるほど、つまり彼は下見に来たのか。敵がその気ならおくれを取るわけにはいかない。俄然《がぜん》やる気が出た。

村には図書館がないため学校の図書室が村民にも開放されている。教室も子どもたちの勉強用に開いているはずだ。一年生のとき、お母さんに追い立てられるようにして学校に行った記憶がある。だけどやっぱり二年生の夏休みのことは思い出せなかった。

「私、あの頃なにをしていたんだっけ……？」

勉強はしていなかった。もともとそんなに好きではなかったのだ。森を駆け回り、藪《やぶ》で虫やカエルを捕るような子どもだった。小さな花を見つけては摘《つ》み、川に行って蛍《ほたる》を捕まえ、熟《う》れたトマトをこっそりと齧《かじ》ったりもした。

すごいね、と褒められて有頂天《うちょうてん》になっていた。トーコはなんでもできるね、そう言われて胸を張った。

けれど、どこで誰に言われたのか、肝心なその部分に靄《もや》がかかってよくわからない。

私の記憶は虫食いだ。今まで普通に暮らしてきたことが不思議なほど。

でも、もしかしたらなにか思い出せるかもしれない。私はふらふらと校舎に近づく。暑さのためか校庭で遊ぶ子どもはいない。昇降口はひんやりと涼しく、開け放たれた窓からかすかに蝉の声が聞こえるだけで妙に静まりかえっていた。下駄箱に靴が五足置かれている。大きめの運動靴が一足、私でも履けそうな青いミュールが一足、小さな運動靴が三足。

そして、しまわれていない革靴が、一足。

どうやらハルは校舎の中にいるらしい。少し離れたところに靴を脱ぎ、来客用の茶色いスリッパに履き替え、恐る恐る校内を歩き出した。木の板が軋《きし》む廊下の壁は、一部が漆喰《しっくい》になっていて天井から傘をかぶった裸電球がぶら下がっていた。どれも記憶にある光景だ。廊下の奥に丸い時計が設置されているのも同じ。教室の戸も木製で、磨《す》りガラスの入った窓枠は、みんなが触れる部分だけ黒くなったりえぐれたりしていた。クラスを示すプレートがないことに気づいて教室を覗《のぞ》き込むと、女の子が一人、懸命に机に向かっている姿があった。明るめの茶髪を長く伸ばし、ツーサイドアップでおまけに巻き毛だ。肌は健康的な小麦色、唇にはうっすらリップ。青いミニワンピを着た彼女は、青と白と赤の紐《ひも》で編《あ》まれたミサンガが結ばれた足に緑色の野暮《やぼ》ったいサンダルを履いていた。

年齢は、たぶん私と変わらないだろう。私は白いシャツにデニムのミニスカートだ。化粧なんてもちろんしていない。自分の服をつまんだあと、彼女の勉強の邪魔にならないようにそっと教室に入った。静かな室内に、こんこんとシャープペンが紙を叩く音が響く。

誰だろう。知らない女の子だ。

小学校の頃、同学年だったのは――そう、一人だけ、だったような。

ことんっと音をたて、木製の机から小さな塊《かたまり》が床に落ち、何度か跳ねて私の足下に転がってきた。消しゴムだ。拾おうと腰をかがめ、あれっと思った。サンダルは学校指定のものに違いない。だから彼女のセンスとはまるで合わない。けれど、服や髪型、手にしているシャープペンにいたるまで彼女なりのこだわりが見て取れた。そんな彼女が使っているにもかかわらず、消しゴムだけが不自然に黒く汚れていたのだ。

「触らないで！」

悲鳴のように聞こえた声に、私は伸ばしていた手を引っ込めた。すると、乱暴にノートを閉じた少女は、椅子を蹴倒す勢いで立ち上がり、さっと消しゴムを拾い上げて睨んできた。親切心から拾ってあげようとしただけなのに、まるで不審者扱いだ。

「聡実《さとみ》、どうした!?」

戸惑っていると教室に少年が飛び込んできた。続いて子どもが三人、バタバタとやってくる。はじめに入ってきたのは大胆に〝天下統一〟と書かれた白いTシャツにジーンズを穿《は》いたスポーツマンタイプの短髪の少年だ。高校生とおぼしき彼は私より十センチほど背が高く、すっきりとした顔立ちでつり目だが友人たちには受けそうな雰囲気だった。残りのちびっ子たちは小学生だろう。ポニーテールにピンクのワンピースを着た双子と、なんだかよくわからない絵がプリントされたシャツに短パンを穿いた坊主頭の男の子が一人。

「お、お前か!?」

私を見るなり少年が血相を変えた。なんだかいやな予感がする。

「お前だな!?」

繰り返し問う声にちょっとカチンときた。無視して教室を出ていきたい。だけど、夏休みのあいだだけ親に連れられ帰省した子が、知らない学校で勉強するなんて考えられない。そうなると、彼らはこの村に住む、この学校の生徒ということになる。

今ここから出ていくと、こじれそうな予感がした。

九月から通うであろう学校で、通う前から生徒とトラブルだなんて幸先《さいさき》が悪いにもほどがある。誤解があるならさっさと解いてしまおう、私はそう決心した。

「私、今ここに来たばかりだけど」

穏便に、決して声を荒らげないように、私は〝運動もできて人当たりもいい優等生の佐々木《ささき》さん〟をフル稼動して状況を伝えた。

「ばっくれてるんじゃねえよ！」

怒鳴られて口元が引きつった。ああでも、怒ってはいけない。いくら理不尽だろうと、頭に血が上ろうと、自分を見失うことだけは回避しなければ。

「ど……どういう意味？　詳しく教えて」

穏和に、冷静に、私は理性を総動員した。すると、完全に予想外の言葉が返ってきた。

「お前、聡実が焼いたクッキー食っただろ!?」

ちょっとめまいがした。

2

概要をまとめると、つまりはこんな感じらしい。

「聡実が朝焼いてたクッキーを学校に持ってきたらなくなった」

実にシンプルだった。

「そ、それでどうして私のせいになるの？」

卵の件といい、今回の件といい、あまりに安直すぎないか。確かに見慣れない人間がうろうろしていたら疑いたくなるのも致し方ない——しかしそれにしても、一か〇《ゼロ》しかない判断は短絡的すぎて怒りを通り越して呆れてしまった。

「自由に動けたのはお前だけだ」

「……みんな自由に動けたじゃない」

「俺とこいつらは廊下で追いかけっこをしてたんだ。十時になって、聡実が焼いたクッキー食べようとしたらなくなったって言うから、探してたらお前が来た。怪しいだろ」

タイミングが悪かったことは認めなければならないらしい。

「さっきも言ったけど、私、ここに来たばかりなんだけど」

「誰か証明できるのか？」

「……できない。でも、クッキーは食べてない」

子どもたちはそわそわと様子をうかがい、クッキーを盗まれた少女──聡実さんはうつむいてぐっと唇を噛んでいた。ここぞとあとを追いかけず、森の中で見つけたときに素直にハルに声をかければよかった。そうしたら私の無実も証明できたのに。でも、この調子なら「庇《かば》い合ってる」と難癖をつけられたかもしれない。

そもそもあいつはどこに行ったんだ。

騒ぎを聞き駆けつけてもよさそうなのに、ハルは一向に姿を見せない。もしかして入れ違いになったのだろうか。そうなると、私一人でこの場を切り抜けなければならなくなる。

「だいたいお前誰だよ」

大仰《おおぎょう》に尋ねられ、逃げ出したいのをぐっと堪《こら》えた。ここで逃げたら、二学期からはじまる私の高校生活はきっと闇《やみ》だ。

「さ……古石川、……董子。九月から、ここに通うことになってる」

「作家先生の娘かよ!!」

一際大きな声で叫ばれて、私は思わず肩をすぼめた。売れない作家、評価はさんざん、ノートパソコンを立ち上げる様子もなくお母さんは毎日掃除に没頭している。つまり三冊目の発売はいまだ不明。そんな人間でも作家と呼んでいいものか。しかも私の存在はお母さんの肩書きとセットで知れ渡っているのだから始末に負えない。

少年の目が好奇心と興奮にきらりと輝いた。

「お前、犯人じゃないんだよな？」

「……うん」

なんだろう。鼻息の荒い少年を見ていると、いやな予感がひしひしと増していく。

「勝負しようぜ。どっちが犯人捕まえるか競争だ！」

田舎には娯楽が少ない。学校にプールはないし、テレビのチャンネル数は前に住んでいたところの半分、しかも放映が遅れることも日常茶飯事だ。ラジオは聴けても高校生が胸躍《おど》らせるような内容ではなく、電波が悪すぎてスマホはずっと圏外。パソコンのネット回線も工事一カ月待ちで、開通してもあまり速度が出ないので動画はあきらめたほうがいいと、なんとも恐ろしい事前情報がお母さんから投下されたばかり。

きっとこの少年は暇だったのだ。暇で暇で仕方がなかったのだ。

「捕まえられなかったら、お前が犯人だからな」

そんなバカな、と、さすがの私もうめいていた。

「作家先生の娘は探偵なんだって」「お母さんが言ってた。卵泥棒をびびっと捕まえちゃったんだって」「シャーロック・ホームズの再来だって！」「すごいねえ!!」

双子が愛らしくよけいなことを言っている。誰だその噂《うわさ》を広めたのは。まさかワトソンが一枚噛んでいるのかと、私はクラクラとした。

「そ、そんなことないよ?」

それは誤解だと言おうとしたら「謙遜《けんそん》かよ」と少年が食ってかかってきた。

「その程度は朝飯前ってことだな。よし、お前ら、負けるんじゃねえぞ!」

「おおー!!」

音頭をとった少年に子どもたちが盛り上がる。ヤバい。子どもたちも暇を持てあました猛獣《もうじゅう》だった。私が彼らに娯楽を提供した形になっているのは明白だ。ハルを追って懐かしの校舎に来ただけなのに、どうしてこんな目に遭わなきゃならないんだろう。

瞬く間に教室を飛び出す彼らを私は茫然と見送った。

そして、すぐにはっとわれに返る。出遅れた。もうここまできたら犯人でもなんでも捕まえて、やつらに一泡吹かせて——もとい、誤解を解いて、九月からはじまる輝かしくも灰色な新学期に備えるしかない。

廊下に出ると隣の教室では子どもたちがずらりと並んだ机の中を一つずつ見て回っていた。オモチャみたいな机だ。すぐに分校と書かれた銘板を思い出した。もともとここは小学校で、それが中学校と併設になり、いまでは高校も兼ねているらしい。今通っているのは高校生と小学生だけだと、歓迎会のとき酔っ払ったどこぞの古石川さんが語っていた。

山の学校の生徒はたったの五人。普通は廃校だ。しかし、ここには幸運にも意欲的な教師がいた。人一倍パワフルな村長もいた。だからさまざまな手続きの末、複式学級として運営されることになった。マンツーマンに近く先生が仕事熱心なので、山村の学校と侮《あなど》れないほどレベルが高いというのもどこぞの古石川さん談で、先生夫婦は謙遜しきりだった。

教室に足を踏み入れる。その瞬間、視界が大きく揺らめいた。

『学校、一緒に行けるといいね』

透明な子どもの声が耳朶《じだ》を打つ。誰かが背後にいる。細くて、小さくて、今にも消えてしまいそうな〝誰か〟は、私が話しかけるといつも嬉《うれ》しそうにうなずいてくれた。青い目が海の色みたいにきれいで、その瞳が好奇心で輝く様子が大好きだった。だから私は、私が見つけたものを毎日のように届けたのだ。

あれは、あの記憶は。

「突っ立ってんじゃねえよ！」

なにかを思い出しかけた私の背中を強く押す手があった。よろめいて、机に手をつきかろうじて体を支える。背中を押したのは、子どもたちのボスだった。

「……クッキーを私が食べたなら、どこを探しても見つからないんじゃないの？」

怒りを抑えて尋ねると、彼は「ふん」と鼻を鳴らした。

「あれ全部食べたら、お前は明日三キロは増えてるぜ」

一度に食べられる量ではないらしい。だからどこかに隠しているはず――彼らはそれを探しているのだ。一階には教室が四つと職員室と理科室、保健室、倉庫があった。職員室には邑政《むらまさ》先生がいて「わからないことがあったら聞きにおいで」と私が勉強をしに来たのだと疑わずに歓迎してくれた。二階は教室と音楽室、理科室、保健室は施錠《せじょう》がされ、一階で探せる場所は意外に少なかった。二階は教室と音楽室、美術室、そして図書室がある。教室と図書室以外は施錠がされ、状況は一階とさほど変わらず私はさっそく行き詰まってしまった。

そもそも売れない作家の娘である私になにかができるわけがない。

でも、疑われたままというのも気持ち悪い。

「クッキーか……意外と、乙女」

あの容姿で、なんて言ったら失礼かもしれないが、聡実さんはお菓子作りに精を出すより友人たちとカフェで賑《にぎ》やかに騒いでいるのが似合うように思えた。いくらド田舎でやることもなく暇だからって、朝っぱらからクッキーを焼いて、それをわざわざ学校に持ってくるなんて、彼女のイメージじゃない。

しかし、学校で熱心に勉強をしているのだから、格好はアレでも中身は真面目《まじめ》なタイプなのかもしれない。

「……ん？　ノート？」

なにかひっかかる。一心不乱にノートに書き込んでいたが、そういえばなにを書いていたのだろう。机に教科書は出ていなかったし、参考書もなかった。ノートには、ただただ同じような文字がびっしりと並んでいただけだった。白いノートを黒く埋めつくす言葉。小学生なら漢字の練習かと微笑ましく思えるが、状況はまるで違っていた。

思い出すとぞくりとした。

ああいうノートを見るときは、だいたい同じ系統の映画だったからだ。

いわく、ホラー映画。〝死ね〟の文字で埋めつくされたノートなんて鉄板中の鉄板だ。

脇目もふらず、ノートに呪いを吐き続けていたのだろうか。家を出る前、魔女の話をしたせいか妙にリアルに思えてぞくぞくが収まらない。私はそれら妄想を慌てて振り払った。

「クッキーを、実は焼いてなかったって可能性だってあるわけだし」

嘘をつくメリットは思いつかないが、もう一度聡実さんに話を聞いたほうがいいだろう。

そんなわけで、私は再び一階へ下りた。教室を覗き込むと聡実さんは肩にぐっと力を込め、きつく握った両手を膝《ひざ》の上に置いて椅子に腰かけていた。

「聡実さん。ちょっと聞きたいことが……」

近づいたとき、はっとしたように顔を上げた彼女から甘いにおいがただよってきた。

「……バニラのにおいだ」

髪に香りが残っている。バニラビーンズの、甘いにおい。

「な、なによ!?」

聡実さんはぎょっと身をよじる。その拍子に消しゴムが転げ落ち、聡実さんが真っ青になる。消しゴムを大切にするのも、ノートを真っ黒になるまで書き潰《つぶ》すのも、文具好きと言われればそれまでだ。でも、そうじゃない。弾む消しゴムの表面、汚れだとばかり思っていた黒い線が、汚れ以外のなにかであることに私は気づいてしまった。

そうなると、ノートに書かれた呪いの言葉がなんであるのかも自《おの》ずとわかってくる。

友人の中にもおまじないに凝《こ》っていた子がいる。

聡実さんの髪には、甘い香りともう一つ、焦《こ》げたようなにおいが混じっていた。どうやら彼女は見た目ほど今どきの乙女ではなかったようだ。

拾った消しゴムをぎゅっと胸に押しつけ、肩を震わせながら真っ赤な顔で聡実さんが睨んでくる。その仕草のかわいらしさに私はたじろいだ。

「なによ!?」

聡実さんが全身で威嚇《いかく》してくる。猫だ。これはきっとペルシャ猫に違いない。

「え……あ、えっと、そうだ、名前は?」

少しクールダウンさせるために尋ねると、思惑通り、聡実さんは面食らったように身じろいだあと、「伊木《いさぎ》聡実、だけど」ともごもご答えた。

「伊木って……もしかして、邑政先生の娘? 小学校の先生だって聞いたけど」

「それはお姉ちゃん」

姉。そして、目の前にいるのが妹。確かもう一人連れ子がいると聞いたはずだけど、まさかそれは。

「つ……つかぬことをお伺いしますが、さっきの男子は」

「……伊木大地《だいち》。私の、兄」

聞くほどに心臓がバクバクしてきた。そうかわかった。これはあれだ。根底から私の認識が間違っていたというやつだ。

「さっきの天下統一の子が義理の兄ってことで合ってる？」

そしてきっと、兄妹《家族》になってそれほど時間はたっていない。

「私とお姉ちゃんが素子《もとこ》さんに会ったのは一年前。お父さんたちが結婚して一緒に住むようになったのは、こっちに引っ越してきた四月から」

つまり家族になって三カ月と少し。

「……一緒に暮らしてるの？」

「大地は離れに住んでる。い、一緒になんて暮らすわけないじゃない、あんなやつと」

そっぽを向く髪から甘くて苦いにおいがした。唇をとがらせ、眉をひそめ、不快感を強く示しているのに顔どころか耳まで赤くてちっとも説得力がなかった。

私は教室を見回して背面黒板の下に設置された棚に目を留める。子ども用の派手なプリントがされたキャラものの水筒が三つと、シンプルな黒いショルダーバッグ、そして、色違いの青いショルダーバッグがそれぞれ置かれていた。

私は棚に向かうなり黒いショルダーバッグに手を伸ばした。

「勝手に触らないでよ！」

聡実さんが悲鳴のように叫ぶ。それを聞きつけ、大地くんが子どもたちを連れて教室に飛び込んできた。

「おい、なにしてるんだよ⁉」

駆け寄った大地くんが私を睨む。私は小さく息をつき、大地くんを見た。

「犯人、わかったんだけど」

「え、わかったって……誰だよ」

たじろぎながらも尋ねてきた大地くんを指さしたあと、私はゆっくりと指先を移動させる。ひたり、と、さしたのは、青ざめたまま固まっている女の子――伊木聡実だった。すぐさま大地くんの顔が困惑にゆがんだ。

「聡実が三キロ分のクッキー生地を焼いたんだぞ。なんでその聡実が犯人なんだよ」

「クッキー焼くの、失敗したんだよ」

きょとんと大地くんが目を瞬いた。対する聡実さんは当惑気味に私を見る。

「今朝、なんとか焼けたって……だから一緒に食べようって、お前そう言ってたよな？」

大地くんに尋ねられて聡実さんは真っ赤になって震えだした。ぱくぱくと口を開閉させるさまは酸欠の金魚だ。ああ、これは助け船を出さないと爆発するパターンだ。私は「だから」と横から口を挟んだ。

「うまく焼けなかったの。大地くんが騒ぐから引っ込みがつかなかったんだよ」

「なんで俺のせいみたいになってるんだよ」

鈍いなあ、と、私はちょっと呆れてしまう。出会って一年、家族になって三カ月——だけど二人からは、親の再婚相手の子ども同士という以上の親密さが伝わってきていた。

「とにかく、クッキーはここにはありません。そうだよね、聡実さん？」

尋ねる私に聡実さんはのろのろとうなずいた。大地くんはあからさまにがっかりしていた。が、すぐに気持ちを切り替えたようだ。

「ちぇー、失敗かあ。じゃ、次な。俺、ずっと待ってるから」

にっと笑って大地くんが聡実さんの頭をポンポンと撫《な》でる。フランクな行動は女の子なら意識せずにはいられない類《たぐい》のもので、離れていく彼の背中を見る彼女の顔は、もう完璧に恋する乙女のそれだったわけで。

「お前ら、鬼ごっこ再開だ。逃げないと捕まえるぞ！」

「きゃー!!」

誰が子どもかわからなくなるほど賑やかに駆け出す彼らを見送って、私はもう一度小さく息をつく。叫び声が遠ざかる。どうやら彼らは二階に移動したようだ。四人が騒がしく走り回っている様子が天井の軋みから伝わってきた。

しばらくしてから、前髪をくしゃくしゃと触っていた聡実さんが「どうして」と小さく声をかけてきた。

「どうして嘘ついたの？　気づいたんでしょ、クッキー」

「んー」

クッキーは、きっと本当に失敗したのだ。いびつで黒焦げで、とても食べられたものじゃない三キロの塊。でも、その中にはなんとか食べられるものが残っていたはずだ。彼女はそれを恋心と一緒にこっそりと学校へ持ってきた。

じっとショルダーバッグを凝視する聡実さんに「ちょっとごめん」と断って手を伸ばす。つかんだのは黒いほうのショルダーバッグだ。予想していたより重い。慎重にチャックを開けて手を突っ込むと、すぐにカサカサとしたものが触れた。

つかみ出したのは赤いリボンのかかったセロファン紙で、中にはきつね色を通り越して茶色くなったクッキーが入っていた。ハートで型を取ってあり、一部にホワイトチョコでアルファベットが書いてあった。

「エス、ユー、ケー、アイ……好き……？」

「ぎゃあああああ！」

聡実さんは細く悲鳴をあげるなり両手で顔をおおってしゃがみ込んだ。なるほど、これは確かに恥ずかしい。『ＬＯＶＥ』でないところがかわいらしくもリアルだ。他人に見られたら軽く死ねそうだった。

「クッキー、大地くんと一緒に食べたかったんだ？」

「こ、告白なんてするつもりなかったの！　あいつ鈍いからどうせ気づかないし！　だけど他の子たちまで誘っちゃうんだよあのバカ！　瑚々《ここ》ちゃんと美々《みみ》ちゃんはちっちゃいわりに勘がいいから、バレないように鬼ごっこしてるあいだにこっそりカバンに入れておいたら、あのバカ騒ぎ出しちゃって本当のこと言えないし!!」

　バカバカと連呼する聡実さんはもう完璧に涙目だった。告白するつもりはなかった、でも気づいてほしかった。周りにその関係が知られるのは恥ずかしいから、こっそりとカバンに隠しておいた。そして、きっと、カバンを開けたとき、大地くんが驚く顔が見たかったのだろう。告白に気づいて赤くなる、なんて青春ドラマみたいな初々《ういうい》しいシーンを思い浮かべ、「若いなあ」なんて思ってしまう。私の周りはもっとストレートだった。ＳＮＳで告白、つきあって一週間で破局、なんて日常茶飯事だった。

　聡実さんは「ううっ」とうめいて私を見上げる。

「いつ気づいたの？」

「ミサンガって今どき珍しいかなって思って」

　聡実さんは自分の足首を手でつかんだ。

「それから、消しゴムとノートも。それって全部おまじないでしょ？」

好きな人の名前を書いて誰にも触らせないで使い切ったら両思いになる消しゴムのおまじないは、お母さんが子どもの頃からあったものだと聞いたことがある。一瞬しか見えなかったが、ノートに書かれていたのは大地くんの名前だったに違いない。

「い、言わないでいてくれる？」

涙目で問われて思わず苦笑してしまった。周りを巻き込んで恋愛成就《じょうじゅ》させる友人たちとはだいぶ毛色が違うけれど、出会って間もない私に気持ちを預けてくれるのは嬉しい。

差し出された聡実さんの手に、私はクッキーの入った包みを置いた。

「言わないよ。でも、本当に告白しなくてもいいの？」

「……あいつ私のこと、なんとも思ってないから」

不機嫌を隠さない声を聞きながら外を見た。快晴だ。雲は青空に押しのけられ、とても雨が降りそうにないほど晴れ渡っている。

「好きになったきっかけを訊《き》いてもいい？」

私の唐突な質問に彼女は戸惑い、迷うように押し黙ったあと小さく声が続いた。

「雨の日に、傘を貸してくれたんだ。あいつ忘れてるだろうけど」

空を見上げて途方に暮れる少女に傘を突き出す少年――それは本当にささいなできごとだったに違いない。そしてその傘を彼女が彼に返して、小さな小さな交流がはじまった。

「……案外、覚えてるかもよ」

「え？」

「なんでもない」

快晴には似合わない真っ黒な折りたたみ傘が、黒いカバンの底にこっそりとしまわれていた。次に雨が降ったとき、傘の下に誰がいるのか想像するとむず痒《がゆ》くなった。

黒いショルダーバッグを青いショルダーバッグの隣にしまい、ほっと息をつく。

「ありがとう」

もそもそとお礼を言ってくる聡実さんに「こちらこそ」と笑みを返した。とりあえず二学期はつつがなく迎えられそうだ。学校生活を平穏にすごすためなら、彼女の恋心を陰ながら全力で応援しようと心に決める。

ふいに、パチパチと拍手が聞こえてきた。廊下を見るとハルが教室を覗き込んでいた。田舎の古びた校舎なのに、彼がいるだけで上等で格式高い建物のように見えてしまうのは反則だ。前触れなく現れた彼に私の表情が硬くなる。

「いつからいたの？」

「ずっといたけど」

紳士で魔女な彼は、今日もさらりと嘘をつく。

「僕が通うことになる校舎だから見ておきたかったんだ。トーコも？」

「う……うん、まあ」

ハルを追ってここまで来たのだが、ついつい彼の言葉に合わせてしまう。そして彼は、素直ではない私の言葉をあっという間に暴き、冷ややかな眼差《まなざ》しを向けてくるのだ。だけど、嘘つきならお互い様だ。ずっとここにいたなんて、校舎内を見て回った私に見えすいた嘘をついているのだから――。

「僕は職員室の奥にある準備室にいたんだ。教材を見せてもらってた」

先回りするように告げられて私はぐっと唇を噛んだ。職員室には邑政先生がいたから確認できるわけがない。邑政先生に確かめるのも、頭からハルを信用していないと告げているようではばかられる。全部彼の手のひらの上だ。ああ、腹が立つ。

「ね、ねえ」

笑顔とともに睨み合っていると、聡実さんに腕を引かれた。神々《こうごう》しい光を放つ場違いな外国人に気を取られ、彼女のことをすっかり忘れていた。

「聡実さん、ごめん。彼も九月からここの高校に通うんだって」

「――よろしくね。行こう、トーコ」

聡実さんに向かって華やかに微笑んだハルは、当然のように私を誘った。反射的に足を出す私に「あの子が？」と戸惑う聡実さんの声が届いた。

聡実さんがさぐるようにハルを見る。

「転校生は女の子だって聞いたのに」

ハルは美形だが、女の子と間違えられるような外見ではない。小さな頃ならまだしも、肩幅はどう見ても男性のそれだし、身長は私より高い。だからなにかの間違いだ。

「聡実さん、それ誰から聞いたの？」

「お父さんだよ。優秀な生徒が増えるって、すごく張り切ってた。同じ学年だから、お前たちも負けられないぞって」

「それって……」

言葉の途中、大股《おおまた》でやってきたハルに腕をつかまれた。「またね」と、聡実さんに声をかけ、ハルは私の腕をつかんだまま教室を出た。

「ハル！　待って、ハル！　どういうこと？　ハルは転校生じゃないの？」

「転校生だよ」

さらりと言葉が返ってくる。私の腕をつかむ繊細だけどちょっとゴツゴツした大きな手は、見た目同様に間違いなく異性のものだ。胸がないことだって知っている。

「ハルは男の子だよね？」

「──さあ。魔女に性別ってあったかな。気になるなら調べてみれば？」

「調べるって、ど、どうやって」

「そんなことを僕に聞くんだ？　トーコは大胆だね」

間近で微笑まれ、私はぎくりとする。腕を引かれてよろめくと昇降口の壁に押しつけられた。ひやりとした壁と熱をはらむハルの体に挟まれて、カッと頭の奥が熱くなる。

「触ってみる?」

耳元でささやかれてパニックを起こし、私は首を激しく横にふっていた。近い。もう、なにもかもが近すぎる。

「ハル……!!」

声をあげると窓が小さく揺れた。腕をつかむ手がゆるみ、ハルが私を解放する。胸を押さえてあえいだ私は、じっと窓を見つめるハルに不気味なものを感じて距離をとった。

乱れる鼓動で心臓が壊れそうだ。

窓に黒いなにかが映っていた。目をこらすとそれは人影のようにも見えた。けれど、校舎の外に人はいない。それどころか、窓際には誰も立っていない。

風もないのに震える窓は、やがてなにごともなかったみたいに鎮《しず》まった。

険しい表情で窓を睨んでいたハルは、大きく一つ息をつくと、「帰ろう」と声をかけてきた。

第三章

運命の赤

1

私は木々のあいだをすり抜け風のように走る。

最近見つけたお気に入りの場所は崖下《がけした》にある深い洞窟《どうくつ》だ。木と草に隠れて大人たちは誰も知らない秘密の場所。昼間でも少し奥に行くと真っ暗で、自分の手も見えなくなるくらい怖い場所だ。だけど私は恐れなかった。なぜならライトを持っていたからだ。真っ暗な場所を、ライトの光が明るく照らしてくれる。そしてなにより私の恐怖を取り払ってくれたのは、洞窟に落ちているきれいな透明の石だった。昔、この辺りは〝たんこう〟だったと、お父さんは言った。穴を掘って、燃える石をみんなで集めたのだ。でもその前は透明な石や、緑色の石が採《と》れていたらしい。みんなはその石を探してあちこち掘り起こした。〝たんこう〟の町になる前から〝古石川村《こいしかわ》〟と呼ばれたのは、そうした特別な石が採れたからだと教えてもらった。私はみんなが忘れ去った特別な石のかけらを拾って歩く。特別なあの子にあげるために。家からずっと出られないあの子のために。

あの子は私が持っていくものを宝物のように大切にしてくれる。私はそれが嬉《うれ》しかった。

『トーコはすごいね』

あの子は青い目をキラキラと輝かせて私を讃《たた》えた。

『トーコはなんでもできる。すごいね、すごいね』

そう。私はすごい。なんだってできる。完全無欠なのだ。それまではそんなふうに思ったことはなかったけれど、あの子の言葉で私は私がすごいことに気がついた。

だから私は、なにもできないあの子の代わりに世界を知ろうと思った。いろんなものを見て、いろんなものを運んで、いろんな話をしようと、そう思った。

私とあの子はいつも窓越しに会う。こっそりと、誰にも気づかれないように。そんな私たちのことを、『ロミオとジュリエット』のようだと、あの子は笑っていた。あとでお母さんに『ロミオとジュリエット』のことを聞いたら〝ひれん〟だと言っていた。〝うんめい〟に〝ほんろう〟された恋人たちのお話で、私にはまだ難しいと言った。

どうやらあの子は私よりもすごいらしい。負けていられない。私はますますがんばって、あの子のためにいろんなものを探して回った。

私があの子の世界になるために。


目を開けるとぐっしょりと汗をかいていた。

「……なんか、変な夢を、見たような……」

目を開ける直前まで覚えていたのに、天井を見て、朝が来たのだと自覚したら逃げるように記憶から消えてしまった。

思い出そうとしたら、けたたましい蝉《せみ》の鳴き声と室内を埋める熱気に心が折れた。

「暑……っ」

障子《しょうじ》を開けて窓を全開にすると、蝉の鳴き声が五割ほど増した。それが暑さに拍車をかけている気がしてならない。

「やっぱり蚊帳《かや》使わないとだめかなあ」

腐った網戸《あみど》は、どこぞの古石川さんが直している最中らしい。夜間涼しくすごすには窓を開け、天井からぶら下げてある蚊帳で布団ごとすっぽり包むのが一番確実なのだが、私は抵抗があってそれができない。もっとも、お母さんはとっくに挫折《ざせつ》して窓全開の蚊帳生活なので、全然意味がないのだけれど。田舎の防犯意識はどうなっているんだろう。

布団を押し入れに突っ込み時計を見ると九時半だった。夏休みのすごし方に関し、わが家は一貫して放任主義だった。夜更《よふ》かしも、朝が遅くても、なにも言われない。朝食は、だから勝手に食べる。冷えたごはんも苦にならないし、汁物と納豆があれば十分にご馳走《ちそう》だ。朝食をとり、洗濯物が干し終わっていることを確認してから机に向かった。

が、触れている紙が汗で湿って波打つほどの暑さに、すぐにうめき声をあげた。

「エアコンほしい。文明の利器さえあれば……っ」

集中できない。時刻を確認しようとスマホを見て、なんとなくSNSを開いてみたら全力で読み込み中だった。見ると苛々《いらいら》するのに見なければ不安になる。矛盾《むじゅん》している自分に苦笑して、畳《たたみ》の上に寝転がってスマホを手放した。

「あの夢、なんだったのかな」

目を閉じて記憶の糸をたぐり寄せる。子どもの頃の思い出。脳裏に広がったのは、雨に濡《ぬ》れた緑豊かな庭と、不思議なにおいのする草だった。私はその庭を横切って――そう、一番強烈に記憶に食い込んでいたのはヨモギのにおいだ。お餅《もち》に入れるやつだ！　と、興奮して見て回り、古びた木の家の窓が大きく開いていることに気づいた。覗《のぞ》くと板張りの部屋にベッドが置かれていて、そこに〝あの子〟が横たわっていたのだ。薄暗い室内が陰気であまり好きでなかったことだけ明確に覚えていた。

天井に向かって突き上げた手をそっと握る。

手に、つるつるとした石の感触がよみがえる。花を摘《つ》んだときの青臭いにおい、毛糸で作ったぽんぽんのくすぐったい感触、森の中で拾った素晴らしく立派な羽根、世界がはじまるときに生まれたに違いないゴツゴツした石――それらの感触が生々しく残っている。なのに、〝あの子〟の顔がどうしても思い出せない。

喉《のど》の奥に刺さった小骨みたいだ。意識を逸《そ》らそうとすると存在感が増していく。寝返りを打つと森がざわめくのが見えた。人影がある。不思議なことに、人影の周りだけ真っ黒にすすけている。

「ハル？　そこでなにしてるの？」

彼は気まぐれだ。質問ははぐらかされ、わけのわからないことを言っては惑わせる。また惑わせに来たのかと警戒したが、名前を呼んだ瞬間、人影がすうっと消えてしまった。そればかりか、周りにあった奇妙な薄暗さもひきずられるように消滅した。

校舎で見た人影を思い出し、ぞわっと鳥肌が立った。

今、なにか間違ったことをしてしまったような、そんな気がした。

「じょ……冗談でしょ？　ハル？　ねえ、そこにいるよね？」

動揺を殺して呼びかける。でも返事はない。謎ばかりで嘘《うそ》つきだけど、呼べば無視はしないし助けてと頼めば邪険にはしない。自称紳士というだけではなく、彼はそうしたタイプの人間だと感じる。その彼が、私の呼びかけに無反応でいるはずがない。

寒気が背筋を這《は》い上がってきた。誰もいないことを確認したほうがいいのか、それとも勘違いだったと目をふさぐべきなのか、究極の二択を前に私は固まっていた。

「ハル！　返事してよ！」

沈黙に耐えかねて幾分強く呼びかけたとき、草がガサガサと揺れた。睨《にら》んでいると濃い緑の中に黒いロープ状のものがひょこりと現れ、意思を持つかのようにゆらゆら揺れはじめた。蛇とは違う独特の動きに目をこらしていると、「にゃあん」とかわいらしい鳴き声が聞こえてきた。

古石川村では犬を飼う人が圧倒的に多い。犬の多くはなぜか〝ポチ〟とつけられていて、個々を示す名前が〝信ちゃん家《ち》のポチ〟みたいになっている。

けれど、ここにいるのはどこぞのポチではないらしい。

「ね……猫？」

「にゃあん」

返事をするようにもう一度鳴いて黒い三角耳が現れた。草の中でぴこぴこ動く猫耳というのは反則級にかわいかった。やや間をあけ草のあいだから黒猫が顔を出す。深く鮮やかな青いつり目は好奇心にまん丸になり、けれど猫らしく警戒も怠《おこた》らず様子をうかがっている。リラックスしているのか、しっぽが大きく揺れていた。首輪はない。野良猫にしては毛艶《けづや》がいいから、どこかでエサをもらっているのかもしれない。

「か、か、かわ、かわいい……!!」

ちょんっと座る姿にきゅんとした。おいでと呼ぶと、三歩だけ近寄って、またちょんっと座って様子を見ている。警戒心と好奇心のせめぎ合いだ。地味に呼び続け、ようやく触れる距離に来たときには、猫の警戒心はすっかり解けて普通に触ることができた。黒い毛は手が埋まるかと焦るくらい柔らかくて触り心地がいい。

両手で思う存分堪能し、ほうっと感嘆の息をついてわれに返った。

家の中を施錠《せじょう》してまわり、スニーカーを履いて家を出る。家にいてもごろごろするだけなら散歩がてら夢の中に出てきた家を探すのもいいだろう。夢がただの夢であったと証明できれば、いちいち気にする必要もなくなるのだから。

草を踏みしめながら歩き、途中で足を止める。黒猫が草の海で溺《おぼ》れていた。

「ついてきちゃだめだよ」

追い返そうとしたが、悲しそうな目で見つめ返されてしまった。

「そ、そんな顔しても……」

だめだと言う前に、黒猫が足にすり寄ってきた。喉を鳴らしている。動物はずるい。愛情を示せば愛されると知っている。動物に免疫のない私は、あっという間に陥落《かんらく》して黒猫を抱き上げた。すると黒猫は、私の腕の中でいっそう甘やかに喉を鳴らすのだ。

「ひ、卑怯《ひきょう》者め」

鼻先を撫《な》でてから歩き出した。たどり着いたのは何度かあいさつしたことのある古石川さんの家だった。網で作られた鶏《にわとり》小屋で鶏が二羽、足下を熱心につついていた。近くにある木に繋《つな》がれたラブラドール・レトリバーのポチが優雅に惰眠《だみん》を貪《むさぼ》っている。信也《しんや》さんの柴犬のポチとは違い、こちらはあまり番犬向きではなさそうだ。次に見つけた家は錆《さ》びたトタン板で遠目にも違う建物だとわかった。

今、古石川村には十三戸の民家がある。狭い村だから見て回るのは難しくない。だが、メモ帳くらい持ち歩かないと、どこまで確認したかわからなくなりそうだった。

いったん家に帰ろうと来た道を戻る。が、私はミスをした。それほど広い村ではないと高《たか》をくくり、起伏の激しい足下を気にしていたせいで道を見失ってしまったのだ。唖然《あぜん》と辺りを見回して青くなる。

「そ、遭難なんて、しないよね？」

村の中で迷うなんて。それともいつの間にか村の外に出てしまったのだろうか。小石川村は山の一部を切り崩して作られた村だ。森は山に繋がっている。

遭難したら上に登る、という知識はある。闇雲《やみくも》に下山すると救助ヘリの死角に入り込む可能性が高くなるから危険なのだ。捜索範囲が狭く捜しやすくなれば、それだけ見つけてもらえる可能性が高くなる。

私はつばを飲み込んで足を踏み出し、そして、硬直した。風向きが変わり異臭がただよってきた。生ゴミのにおいよりなお強烈な、それは腐臭《ふしゅう》だった。全身に力がこもる。そっと辺りを見回すと、茶色いなにかが草の中に倒れていた。知らず呼吸が浅くなる。死骸《しがい》だ。それも、かなり大きな生き物の。

足を引いたとき、真横から乾いた音がした。音のした方角を見ると、私よりもはるかに年上の、三十代か、あるいは四十代といった男の人が険しい表情で立っていた。草色のシャツにメッシュベスト、緑のカーゴパンツにスニーカーを履いた彼の肩には、オモチャには到底見えない猟銃《りょうじゅう》があった。

咥《くわ》えタバコと無精髭《ぶしょうひげ》が怖い。底光りする目に息が詰まる。

「――なんだ、君、村の子?」

彼は瞬時に険しい表情をとき、タバコを指で挟むと人懐こく笑った。でも、目の奥が笑っていない。私がぎこちなくうなずくと、どこからか犬の鳴き声に混じって「どうした?」と声が聞こえてきた。どうやらもう一人いるらしい。

「迷子みたいだ。だよね? こっちに行くと戻れなくなるよ。帰り道はあっち」

彼はタバコを咥えるとコンパスを取り出し、方角を確認してから右を指さした。

「時計持ってる? 太陽のある場所で方角がわかるから、持ち歩くといいよ」

どうやら悪い人ではないようだ。丁寧に教えてくれた彼に私はぺこりと頭を下げた。

「ありがとうございます」

「どういたしまして。気をつけて帰りなね」

彼はひらひらと手をふってから迷わず死骸に近づいていった。横顔はやはり険しく、私は「悪い人ではないがいい人とも違う」という感想を抱く。

教えてもらった方角へ歩いていくと、夢の中の景色と現実の景色が重なりはじめた。

そうだ。村の西のはずれから崖下に下りることができる。大人たちは車に乗るから東ばかりを使うけれど、西のはずれの傾斜は私だけの秘密の階段だ。そこを下りると緑に隠された洞窟がある。きれいな石が眠る場所。あの洞窟は、大切なあの場所は――。

「にゃあん」

　ふらりと足を踏み出した私は黒猫の鳴き声にはっとわれに返り、おぼろげな記憶と現実を照らし合わせながら辺りを注意深く見回した。

「この近くに、確か……」

　記憶をさぐりながら少し歩く。すると、緑の中にひっそりと建つ家にたどり着いた。ドキドキした。木の壁は夢の中よりずっと傷《いた》み、苔《こけ》と蔦《つた》でおおわれて幻想的だった。薄い石を敷きつめた屋根も、レンガで作られた煙突《えんとつ》も、なにもかもが夢にあった通りだった。玄関が北側であの子の部屋は南側にある。ずっと家から出られなかったから、あの子に会っていたのはあの子の両親と私だけ――そして二人の関係は誰にも秘密だった。

　幼かった私は、共有する秘密に興奮していた。

　庭を埋めつくす雑草の中から顔を出すヨモギに小さく息をつく。記憶の中にあるよりもさらに古びた家。だけど、あの子がまだこの家にいる気がした。声をかけると大きく窓を開き名前を呼んでくれる。トーコ、そう呼ばれることが、私はとても誇らしかった。

　あの子の名前を呼ぼうとした。だけど、どう呼んでいたのか思い出せない。

　毎日繰り返し呼んでいたはずなのに、あの子の笑顔すら思い出せなくなっている。

　私は愕然《がくぜん》と窓に手を伸ばす。湿った木の枠はひんやりと柔らかく、不思議な手触りだった。ノックをしてみるが返事はない。部屋を覗き込むも夢の中で見たベッドはなく、私がせっせと集めたあの子への贈り物の一切も、棚と一緒に消えていた。

妄想だったのだろうか。私が集めたのは全部夢の欠片《かけら》で、それは現実にはなりようもないもの――あの子も存在しなかったのか。

そっと手を下ろした私とは逆に、黒猫は小さな丸っこい前脚《あし》を伸ばし、肉球でペタペタと窓を押しはじめた。

「どうしたの？」

奇妙な行動にもう一度中を覗き、部屋の隅《すみ》に細長い布の塊《かたまり》があることに気づく。金色の糸の束が鈍く光り、全体がわずかに蠕動《ぜんどう》していた。

「ハル……!?」

床に倒れているハルに仰天して窓を叩く。でも、彼はまったく反応しなかった。家は木々に呑《の》み込まれかけていたが、それでも夏の熱気をすべて消し去るほどではない。閉め切った部屋が暑いことなど容易に想像がつく。白い肌に滑る汗が珠になって床に落ち、小さな染みになった。苦しげに寄せられた眉とかすかに開いた唇が悩ましくも官能的で、私は妙な焦りに囚《とら》われていた。

「え、えっと、どうしよう。窓だ。窓開けて換気しなきゃ……!!」

しかし、施錠された窓はガタガタと揺れるだけでびくともしない。猫を地面に下ろし、両手で窓枠をつかんで揺さぶっても開かない。窓を叩いていると、「にゃあん」と一声鳴いて、黒猫がしっぽをぴんと立てて歩き出した。

少し歩いた黒猫が、どうしてついてこないのかと訝《いぶか》るように振り返る。

「遊んでる場合じゃないの」

猫に言うだけ無駄なのに、私はそう訴えていた。窓を割るべきか。思案していると、蝉以上に賑《にぎ》やかに猫の鳴き声が響く。どうあっても構ってほしいようだ。

「だから、今それどころじゃ……」

黒猫が壁沿いに歩き出した。この窓は開かないが、どこか別のところが開くかもしれない。そう気づいて猫を追う。家の周りには木材が散らばり、ところどころ補修されたような痕跡《こんせき》があった。可憐《かれん》な花をつける野草の脇に肘《ひじ》掛けの取れた椅子《いす》が一脚、手入れを静かに待っている。隣には板や金づち、釘《くぎ》、ノコギリ、ペンキといった大工道具が置かれていた。それらを避けて玄関にたどり着くと、猫は小さな前脚でドアを軽く押した。わが家をのぞけば施錠率がほぼゼロという驚異の地区であるせいか、ドアはあっさりと開いた。

玄関タイルがきれいに剝がされているのを見て一瞬だけひるんだ。床は張り直されている途中なのか、ところどころきれいな板がはめ込まれている。

「お邪魔します！」

靴を脱ぎ捨て家の中に上がり込む。窓から見た景色はよく覚えているのに、家の中はまったくといっていいほど記憶にない。きっと玄関から家に入ったことはなかったのだろう。

私は空気の凝る短い廊下を突っ切ると奥のドアを開けた。

部屋《ここ》には案の定、熱がこもっていた。思った以上に湿度も高い。空気が喉に絡みついてくる。私はそれを無視してハルへと駆け寄った。

「大丈夫!? ハル!」

噴き出す汗でハルの体はぐっしょり濡れていた。体が熱い。吐く息から湯気が立ちそうだ。体を揺さぶるも、うめくだけで目を開けようとしない。

「きゅ、救急車……!!」

使えないスマホは家に置きっぱなし、公衆電話は村で南東に位置する学校にぽつんと一つあるだけ。この場合、電話を借りるのが順当——見回した私は、廊下にある木製の電話台に置かれた黒電話に硬直した。自宅にあった電話はマンションで使っていた慣れたものだった。小さな頃だって、私の家にはプッシュ式の電話があったというのに、どうしてこの家にはそんなごく当たり前のものさえないのか。

けれど、迷っている場合ではない。

「じゅ、受話器は、先に取るんだよね? えっと、これどうするんだっけ?」

リング状のパーツには丸い穴が開いていて数字が書かれている。私はそれをぐっと押した。変化なし。あれ、これってこういう使い方じゃなかったっけ? 焦って数字を次々と押してみた。でも、電話がどこかに繋がる様子はなかった。

「落ち着いて、トーコ」

ふいに耳元で低い声が聞こえてきた。はっと振り返ると、おおいかぶさるようにハルが立っていた。体は熱を帯びて熱いのに、なぜだかひやりと冷たい空気がただよってくる。肌が触れた。彼が吐き出す熱い息が首にかかる。硬直する私からそっと受話器を取り上げると、彼はそれをもとあった場所に戻してしまった。

「この電話、繋がってないんだ。どこに、電話する気？」

声に覇気《はき》がない。体ごと振り返り、その近さにドギマギしながら彼の肩に手をかけた。

「救急車を呼ぶの」

「どうして」

「ハ、ハルが、ハルが、死んじゃいそうだから……!!」

その瞬間、ハルの体から力が抜けた。壁に手をついてかろうじて体を支えていたが、もう限界だと言わんばかりにもたれかかってきた。

「ハル!?」

「お腹《なか》すいた」

ハルの小さな声が耳に届く。押し倒されるように床に転がった私は、一拍あけてから素《す》っ頓狂《とんきょう》な声をあげていた。

空腹で倒れる人を、私は生まれてはじめて見た。

2

わが家の主食はそうめんだ。朝はごはんを一合炊《た》くけれど、残ったものはラップに包んで密閉後に冷凍し、昼はマンションから持ってきた大量のそうめんを消費する。夜もだ。なぜか三食中二食は主食がそうめんで、副食は近所の人たちが毎日持ってきてくれる野菜を使った料理だった。キュウリと梅の浅漬けだったり、ナスと豚《ぶた》肉の味噌《みそ》炒《いた》めだったり、トマトの冷製スープだったりと、健康的なことに日々野菜であふれている。

しっぽをピンと立てた黒猫に先導され、悪戦苦闘しながらハルを引きずり家に帰ると、玄関に大量のピーマンが置いてあった。

引っ越してから気づいたが、田舎の人は玄関になにかものを置いていくのが好きだ。留守なら当然で、在宅であってもこっそりと置いていく。そのたびにお母さんが慌てふためいて犯人を捜すのだ。

車庫に車があるのを確認し、私は最後の力を振り絞って縁側に回った。

「お母さん、玄関にピーマンがある。それから、なにか食べるものない？」

「え、ピーマン？　誰が持ってきてくれたのかしら……って、どうしたの、菫子《とうこ》!?」

ぞうきん片手に部屋からひょこりと顔を出したお母さんは、汗だくでハルをひきずる私を見て声をあげた。驚くのも無理はない。私も死体を運んでいる気分だ。

「行き倒れ」

「行き倒れって……それ、ハルくんよね？　そっちの小さい子は？」

足下を見ると、黒猫が行儀よく私の隣に座っていた。

「……お客様？」

にゃあんと、黒猫が鳴いた。


水を飲ませたハルを部屋に転がし、私はお母さんと台所に立った。

「お昼にはちょっと早いけど、私たちも一緒に食べちゃいましょうか」

お母さんはそう言って、誰からもらったかもわからないピーマンを軽く洗い、まな板の上で半分に切ってはボウルの中に落としていく。ヘタと種を一度に取って、もう一度軽く洗い水を切ってからまな板に戻し、手早く短冊切りにした。

「健康的よねえ」

山盛りのピーマンなんて、私はいまだかつて見たことがない。買ったピーマンに虫がいようものなら不機嫌になっていたお母さんは、今はまったく気にした様子もなく「減農薬ね」と上機嫌で虫ごとピーマンを森の中に置いて自然に還元させる。

「菫子、お湯沸かして」

「……ねえ、前はさ、そうめんとか全然食べなかったよね」

蛇口《じゃぐち》をひねり、鍋に水を溜めながら尋ねてみると、お母さんは苦笑した。黙ったままだ。

「どうして？」と続けて訊《き》いてみた。お中元にたくさんもらっていたのに食卓に並ばなかった。思いがけないほど大量のそうめんを、だから私はとても不思議に思っていた。

「手抜きだと思ったのよ」

ゆでるだけの食事だ。確かにそれが食卓に並べば私は少なからず落胆しただろう。外食のときだって、ラーメンは食べてもそうめんを食べたりしない。そんなもの、と、心のどこかで思っていたのは事実だ。

たっぷりのお湯は熱気をはらみ、ひんやりと涼しい台所が蒸し暑くなる。マンションの狭い台所ならもっと暑くなっていたはずだ。お湯が沸くまでのあいだ、ゆでるあいだ、そして、それを冷やす時間――。

「全然、手抜きじゃないと思うけど」

引っ越してから、夕飯作りを手伝うようになった。そして、そうめんをゆでるのが大変なわりにはちっとも評価されない現実を知った。

「アレンジとか、いろいろできるし」

私はそう答えてからまな板をもう一枚出し、ミニトマトを半分に切ったあとシソも細切りにした。お母さんはフライパンに豚こまを投入し、フライ返しを使いつつ手際よく火を入れていく。次に大量のピーマン。

「……これだけ？」

「これだけ。贅沢《ぜいたく》でしょ」

大量のピーマンと、脂《あぶら》ののった豚こま。味つけは岩塩とブラックペッパーと、仕上げに鍋肌に垂らした醬油《しょうゆ》だけ。醬油の焦《こ》げる香ばしいにおいが野性的でなかなかによい。私はそうめんをゆでるあいだにめんつゆでタレを作り、冷水できゅっと締めたそうめんと氷をガラスの器《うつわ》に入れた。半分に切ったミニトマトとシソ、白ごまを散らし、酢を軽く回しかけて仕上げる。

透明の器が涼しげで、白い麵《めん》に赤と緑のトッピングが鮮やかだ。満足して振り返ると、いまだ倒れているハルが気になるのか、黒猫は彼の周りをうろうろしてはかわいい前脚でその頭をちょんちょんとつついていた。

「ハル、ごはんできたけど」

声をかけると彼はうめき声とともに起き上がり、黒猫を見てぴたりと動きを止めた。

「……使い魔だ」

どうやら寝ぼけているらしい。魔女な彼は、黒猫がすべて使い魔に見えるに違いない。ハルは黒猫に手を伸ばす。警戒した黒猫が逃げると眉をひそめた。

「いつから？　どうしてこんなに魔女の気配が濃くなってるんだ……？」

「ハル、魔女の話はいいから、ごはんにしよ。お腹すいてるんでしょ？」

「……毎日、野菜を齧《かじ》ってたんだ。たくさんもらうから。イギリスでも最近は健康志向の人が多くてオーガニック野菜が人気で、僕もそれは悪くないと思うのだけど、僕はどこのピーターラビットかと……」

「は、はいはい、ごはんね。炭水化物と動物性タンパク質どうぞー」

ちゃぶ台の上に大皿を二つのせる。一つはガラスの器の涼しげなそうめん、一つはピーマンの炒め物。シンプルすぎて笑ってしまうが、ハルの意識は瞬《またた》く間に黒猫から逸れ、ちゃぶ台へと向かった。座布団を用意するときちっと膝小僧《ひざこぞう》を揃《そろ》えて正座した。外国の人は正座ができなかったりするらしいが、彼は苦にならないようだ。それどころか「いただきます」と手を合わせてから箸《はし》を持っている。そのうえ箸の使い方は私よりもきれいだった。

「ハルって何者？」

「英国紳士」

やはりまだ覚醒《かくせい》には遠いようだ。短く返ってきた言葉に私は肩を落とした。

「最近の英国紳士は空腹で倒れるのがトレンドなわけね」

「トーコは意外と毒舌《どくぜつ》なんだね」

「ひ、人のことが言えるの!?」

まったくもって腑《ふ》に落ちない。腑に落ちないが、日本人ばりにそうめんをすすり幸せそうな顔をしているのを見ると、今は休戦しておこうと矛《ほこ》を収めざるを得ない気分になった。

「ラー油とかごま油プラスしてもおいしいけど」

すすめたトッピングを素直に試したハルは、「本当だ」と、目を輝かせる。眼福だ。発言や行動はともかくとして、見た目は凶悪なほど麗《うるわ》しいので、幸せそうにしているのを見るだけで目の保養になる。なにかの拍子におかしなことを言い出さない限り、彼はきわめて安全で高品質な癒《い》やしグッズだった。つまらないと言われたことをまだ根に持っている私は――もちろん自分が愉快で上等な人間だとは思ってはいないのだけれど――実は今も彼と直接対決を避けていた。学校の一件だって、気味が悪いから可能な限り触れたくなかった。まあ、今回の場合はやむを得ないけれど。

「ピーマンもどうぞ」

「ありがとうございます」

お母さんにすすめられてピーマンと豚こまを取り皿に移す。絶妙な火加減で炒められたピーマンは、みずみずしい歯ごたえとさっぱりとした苦みが残り、岩塩とブラックペッパーを使ったちょっと濃いめの味つけが暑い夏にぴったりだ。子どもの頃は苦手だった食材も、今は素直においしいと思う。ぱあっと、ハルの顔に笑顔が浮かぶ。ああ、癒やしだ癒やし。彼にはずっとなにか食べててもらいたい。

「で、ハルくんはどうして行き倒れてたの？」

麦茶を差し出しながら、お母さんが直球で尋ねる。

「村の人たちがいろいろ野菜をくれたんだけど、調理器具がなくて」

食べようと思えばあらかたの食材は生でいける。だけど、それだと味気なくてすぐに飽きてしまう。火を使った調理の偉大さを、彼の言葉で実感した。

「ハルくんのところももらってるのねえ。なにかお返しした？」

「お返し？」

「田舎だとよくあるのよ。お裾《すそ》分けをもらったら、お返しに別のものを持っていくの。それが交流のきっかけになったりするのよ」

「……天気の話をするみたいな感じですか」

お母さんの説明に納得し、「僕は渡せるものを持っていません」と、素直に返してきた。

「そうよねえ。なにかお返し買ってこなきゃいけないわねえ」

「野菜をもらって、買ったものを渡すの？」

厚意でもらったものを金銭で返しているようで本末転倒な気がした。それなら買っているのと大差ないのではないか。

「お礼しないわけにはいかないでしょ。お返し、クッキーでいいと思う？　お年寄りが多いし暑いから、羊羹《ようかん》やゼリーのほうが喜ばれるかしら」

「なにか作って渡したら？　お母さん、煮物とか上手だから」

「ああいうのは家庭の味があるから難しいのよ」

確かに、引っ越した日の夜の歓迎会に持ち寄られた料理は個性豊かだった。こんにゃくの煮物は鷹《たか》の爪《つめ》でピリッと辛かったし、サトイモの煮っ転がしにはかつお節がかかっていた。そういえばナスの煮浸しには紅ショウガがトッピングされていたなあ、なんて考えたら、手料理は地雷な気がしてきた。でも、毎回お菓子を買うのは負担だろう。お母さんはほぼ無職だし、私がバイトしようにも、ここには家族経営の小さな雑貨屋しかなかった。

「じゃあ、僕がお茶を淹《い》れる」

ひょいっとハルが片手を挙げた。私たちが話し込むあいだにすっかり空腹を満たしたらしい彼は、それはそれは華やかな笑顔で言葉を続けた。

「オーブンはありますか？」


ギャルソンみたいな紺色のエプロンをつけ、ハルが台所に立つ。

用意したのはみんなの味方、ホットケーキミックスだ。他、牛乳に卵、砂糖、サラダ油、甘納豆。牛乳と卵と砂糖をよく混ぜ合わせ、サラダ油を入れたあと、ホットケーキミックスと甘納豆を追加してざっくり混ぜ合わせてカップの七分目まで入れ、予熱したオーブンに入れた。予熱のとき天板は出しておくのだと、私はこのときはじめて知った。

「三十分くらいで焼き上がるよ」

思わず正座して様子をうかがう私にハルはそう告げる。

魔女で英国紳士でお菓子も作れる彼は謎だらけだ。カップケーキを焼いているあいだに台所の洗い物をさっさと片づけ、一つずつ布巾《ふきん》できれいに拭き上げてから棚に戻す。どうやら主婦という称号も追加したほうがよさそうだ。

感心して眺めていると、ハルがくるりと振り返った。

「ねえ、そろそろ君の正体を教えてほしいんだけど。ご主人様はどこにいるの？」

急に冷たい声で尋ねられ、私の背筋はピンと伸びた。また言いがかりをつけられたのかと警戒したが、ハルが見ているのは姿勢よく私の隣に座っている黒猫だった。

「の、野良猫だと思うんだけど？」

私は困惑してハルに返す。しかし彼はちっとも取り合おうとしなかった。

「この猫は使い魔だよ。僕の勘がそう言ってる」

幸いお母さんは部屋の掃除に夢中で、ハルの奇妙な発言を聞かれずにすんでいた。しかし、彼の思い込みの激しさは危険だ。今のうちに誤解を解いたほうがいい。学校がはじまってもこの調子だと、多方面で支障が出そうだ。

「ハル、よく見て。この子のどこが使い魔なの？　ただのかわいい黒猫でしょ？　私のことだってハルはなにか誤解してない？」

　確かに私は完璧な人間ではない。それでも、失望されたり、面と向かってつまらない人間だと言われたりするのは納得できない。

　強く訴え様子をうかがっていると、すうっとハルが目を細めた。瞳の奥が濃い青に変わる。私は彼の目が苦手だ。青く神秘的だけれど、ときどきとても怖くなる。

　それでもまっすぐ彼の目を見つめ返した。

「誤解はしていないよ。君はとてもつまらない意地で僕を失望させる」

　ハルがにっこりと微笑《ほほえ》む。表情と言っていることが乖離《かいり》するのは彼の特徴なのかもしれない。それは私も得意なので、拒絶の言葉に動揺しながらもにっこりと笑みを返した。

「私、わりと人当たりがよくて信頼も厚くて、ハルに嫌われるところなんてさしあたってないと思うんだけど？」

「君は自信家なのか」

　大げさに驚いて、彼は温度のない声を出す。

「その自信家な君は、魔女についてどのくらい知っているのかな」

「――一般常識程度ならわかるけど」

　ほうきに乗って空を飛ぶ鷲鼻《わしばな》のおばあさん。大釜《おおがま》で薬を作り、人を呪い、サバトに出る女。それを伝えると、ハルは小さく息をついた。

「原始の魔女は七人いて、魔女たちに望まれ八人目が生まれたことを知ってる？　ウィッチクラフトは魔力による術や、そうした魔術的な行為そのものを指ししめす言葉だけど、彼女たちは往々《おうおう》にしてそれら事象の外にいる。彼女たちそのものが〝魔女〟という現象であり理《ことわり》でもあるんだ」

原始の魔女ってなんだろう。八人目がいることに意味があるのだろうか。ハルの言葉はいつだってつかみどころがなくて反応に困る。

「ハルは自分のことを魔女だって言ってたよね？　どうして魔女のことを〝彼女たち〟なんて言い方するの？」

「――君への認識を訂正する。君の着眼点は悪くないようだ」

「……それはどうも」

いちいち引っかかる物言いだが、突っかかるのは大人げない。私は怒りをぐっと堪《こら》えて笑みを作り先をうながした。

「僕は摂理の内側にいる魔女なんだ」

「つまり、普通の魔女ってことね？」

なんだたいしたことないのか、そう納得すると、笑顔だけでそれが伝わったのかハルが渋面《じゅうめん》になった。

「……もう一度君への認識を訂正する必要があるみたいだ」

もっと褒めてくれるのではないか。密《ひそ》かに期待して彼の言葉を待つ。

「僕は君が嫌いだ」

ハルの言葉に私は口元をひきつらせた。好きになってもらうはずが、どうやら逆効果だったようだ。なんて面倒くさい男なんだろう。

その面倒くさい男は、黒猫の前でしゃがみ、そっと手を差し出した。人懐こいはずの黒猫は、じっとハルを見つめるだけで動こうとはしなかった。

「血眼《ちまなこ》になっていた僕の八年間はまったくの無意味だった。君を捜すために駆けずり回った労力を返してほしい」

そんな愚痴《ぐち》を聞かされても猫だって困るだろう。事実、嘆《なげ》くハルに戸惑ったように黒猫がきょろきょろと辺りを見回している。

「捜したって、私を？　なんのために？　私の幼なじみだって言うけど、村の人は誰もハルのことを覚えてないのよ？」

「……誰も覚えてない、か。薄情だな。まあ、表立って動いたわけじゃないから君たちが知らないのも無理はない。君にいたっては、……覚えていないことは幸運だったのだろう。そう思わないと救われない」

苦く笑う横顔を見ていると胸の奥が鈍く痛んだ。

嘘つきな彼が、今このときだけは嘘を言っていないのだと伝わってくる。だったら村のみんなも私と同じように記憶がないのだろうか。かりに記憶喪失だとして、集団で起こるなんてあり得るのか。

——魔女なら、他人の記憶を盗めるのか。

だけど、記憶が盗めるなら戻すことだってできるはずだ。記憶のない私をハルが責めた時点でこの疑惑は消えたと考えていい。他にどんな可能性があるか思案していると、ふいに足下に闇が広がった。暗く湿った土の感触。手を見ると赤黒く濡れ、土埃《つちぼこり》が視界をふさいでいる。吐き出す息が震えてうまく吸い込めない。

と、そのとき、向こうずねになにかが触れた。ひんやりとして柔らかいもの。それを中心に闇が払われ、視界が開ける。

私の足に触れていたのは猫の前脚だった。肉球一つで世界と繋がったのだ。

「猫の肉球、超尊《とうと》い……!!」

黒猫にぴたりと寄り添われ、暑いのに癒やされる。

猫とイチャイチャしていたら甘いにおいがただよってきた。

ハートが乱舞するミトンを両手にはめたハルが、オーブンから天板ごときつね色に焼き上がったカップケーキを取り出した。甘納豆を練り込んだカップケーキを白いお皿の上にのせたあと、ハルは自宅から持ってきた紅茶を淹れはじめる。使うのはティーポットと丸っこいサーバーと茶こし。どれも日本で手に入る、というか、完全に日本で入手した品だった。お湯が沸いたのを見て火を消そうとした私をやんわりと止める。

「カルキを抜くためにしばらく沸騰させるんだよ」

カルキを抜くあいだにティーポットやサーバーをあたためる。夏なのだからそのままでもいいのに、とは思ったけれど、紅茶の国の人なので黙っておくことにした。

香ばしく甘い香りに誘われてお母さんが台所にやってきた。

「ハルくんは料理ができるのねえ。すごいわ」

「お菓子だけです。向こうではよくスコーンを焼いてました。熟した木苺《きいちご》で作った甘酸っぱいジャムで食べるんです」

感心するお母さんにハルが笑う。「あら、さくさく」と、お母さんはカップケーキをつまんで口に入れ、猫みたいに目を細めた。

「甘納豆入りのカップケーキっておいしいのね。っていうか、ホットケーキミックス！」

「万能なんですよ。クッキーも焼けるし、蒸しパンもできます」

木のスプーンで缶に入った茶葉をひとすくいしサーバーに入れたハルは、熱湯をそそいで蓋《ふた》をし、小さな砂時計を素早くひっくり返した。

「この茶葉は細かいので二分半蒸らします」

「紅茶の蒸らし時間って違うの？」

思わず私が尋ねると、ハルはうなずいた。

「日本は軟水だから出やすいんだ。細かい茶葉なら二分半、大きな茶葉なら三分から三分半が目安」

紅茶の蒸らし時間は二分から三分、という話は私も聞き知っている。でも、茶葉の大きさを目安にしたことなんてなかった。そもそも私はあまり紅茶を飲まない。ペットボトルのお茶とか、ファミレスでジュースがせいぜいだった。

まあるいサーバーの中で茶葉がダンスを踊っている。

「茶葉のジャンピングは水と茶葉の鮮度が重要になるんだ。おいしい紅茶を飲むためには注意が必要だ」

神妙な顔で言っている。きっちり二分半でサーバーの蓋をはずし、茶こしを手に取ると明るいオレンジ色の紅茶を一気にティーポットに流し入れ、茶こしとサーバーを固定すると強くふってひとしずくも逃さないようポットに淹れた。

「紅茶ってもっと優雅に淹れるものじゃないの？」

高いところからカップにめがけてそそぎ入れる写真を見たことがある。

「あれはただのパフォーマンスだから、やらないほうがずっといい。時間がきたら素早く茶葉を取り出さないと雑味が出る。軟水はスピード勝負なんだ」

案外とこだわりが強いらしい。そこから先は、さっきの几帳面《きちょうめん》で大胆な動きとは違い、溜息《ためいき》が出るほどエレガントにカップに紅茶をそそいでくれた。

白いカップに明るいオレンジ色の液体。それだけでなんだか優雅に見えてくる。

「あの、お砂糖と、ミルク……」

「この紅茶はストレートが一番おいしい。渋味を楽しんでごらん」

にっこりと断言された。イギリス式ならミルクティーなのに、ハルは頑《がん》として譲らない。

渋い紅茶は苦手だった。一度専門店に行ったら、口の中がどうにかなりそうなほど強烈な味だったことがある。友人たちの話を聞いて飲むタイミングが遅れたとはいえあまりにも渋く、私はそれからずっと紅茶が苦手だった。

だが、ハルはお砂糖とミルクの追加を許してくれそうにない。普段ブラックコーヒーを飲んでいるお母さんが「あら、おいしいわ」と呑気《のんき》に感嘆するのを恨めしげに見てからそっとカップを手に取った。

ゆらゆらと揺れる琥珀《こはく》色の液体がそそがれたカップに恐る恐る唇をつける。ふわりとただよってきたのは紅茶独特の、けれどどこか花を連想させる香りだった。渋味はあるけれど警戒するほどではなく、さっぱりと喉を潤してくれる。

「……おいしい」

「スリランカ産のヌワラエリヤだよ。茶葉が少し緑っぽいのがわかる？　味も緑茶に似たさっぱりとした渋みがあってとてもバランスのいい紅茶だ。クオリティーシーズンのものが理想だけど、一年を通して品質のいい茶葉が出回る」

紅茶にはさまざまな種類があると知ってはいても、私の記憶に残っているのはダージリン、アッサム、あとはセイロンティーくらいのものだった。受け取ったカップケーキはずっしり重く、表面はクッキーのようにサクッと軽いのに、中はしっとりとしていて優しい甘さが特徴だった。甘納豆の独特の味もこうしてカップケーキの一部になると洋風な上品さをまといだすのが不思議だ。なによりすっきりとした飲み口の紅茶にとてもよく合う。紅茶にお砂糖やミルクを入れたら、せっかくのおいしさが半減しただろう。

「ヌワラエリヤは和菓子との相性もいい」

緑茶に似た、と表現される渋みは、確かに彼の言う通り和洋折衷《わようせっちゅう》のカップケーキにぴったりだった。

ハルが私の正面に座り、紅茶の香りを楽しむように目を伏せた。

「お店が開けそう」

料理に合わせてワインを選ぶように、お菓子に合わせて紅茶を選ぶというのも素敵かもしれない。美形の店主が開く紅茶専門店はそれだけで話題になりそうだ。

私のつぶやきに、少し驚いたようにハルは目を瞬いた。

「間違ってはいない」

「え？　お店を持ってるの？」

「祖父が民宿みたいなことをやっていて、僕がたまにお茶を淹れるんだ。もちろん有料でね。アフタヌーンティーのときはいろんなお菓子を焼いて給仕する」

「もしかして、日本のお客さんも多いの？」

「――イギリスやドイツ、イタリアの人が中心だよ。日本人はそれほどいない」

「そうなんだ……ハルは日本語がうまいから、日本人とよくしゃべってるのかと思った。日本語は誰から習ったの？」

確実にネイティブから習っているであろう発音に、私は率直な質問を口にする。ハルは意外そうに私を見た。

「そう質問されたら答えないわけにはいかないな。叔母《おば》と結婚した人が日本人だったんだ。その関係で、僕は八歳の頃からときどき訪日していた。日本がこれだけ平和な国であることは、僕にとって幸運以外のなにものでもなかったよ」

身近に日本人がいて頻繁《ひんぱん》に話していたなら自然と日本語が身についていくだろう。そして、日本にもときどき訪れていた――そこで私は、あれ？　と首をかしげた。

会話の流れからすると、彼は叔母に会いに日本に来ているということになる。

「ハルの叔母さんたちはどこにいるの？」

ぴくりとハルの眉が震える。ハルが倒れていた家の庭は荒れ、家具は修繕途中で玄関だって直している最中という様子なうえ、電話も不通で調理器具もないと言っていた。

変だ。いくらなんでもあの家は家族づれが住む環境ではない。

「あの家には、ハル以外誰も住んでいないよね？」

「基本的には一人旅だからね。僕の両親はそれほど暇ではないし」

　さぐりを入れようとした私は、彼の一言にぎょっとした。

「一人旅って、飛行機は!?」

「はじめは父の知人と来たんだ。でも、彼らと行動するのは制約が多すぎた。だから二度目は、友人の家に泊まらせてもらう予定だと伝えて別行動を取った。三度目は、空港で会った人にくっついて搭乗した。病気の祖母に会いに行くと伝えたら彼らは僕の勇気を褒めたたえてくれたんだ」

　のらりくらりと言いくるめて一緒に搭乗する姿が目に浮かぶ。美少年に「お願い」なんて言われたら、邪険に断ることは難しかっただろう。

「ハルくんすごいわねえ。イギリスって、子どもを一人で遊ばせるだけでも問題になる国だったわよね？」

　驚くお母さんにハルは「おかげでみんな習い事ばかりさせられるんです。僕はその時間を有意義な社交に使っていました」と茶目っ気たっぷりに答えた。

「みんながチップをはずんでくれるから、旅費は自分で貯《た》めることができたし」

　でたらめな行動力だ。

「じゃあ私も払わなきゃだめね。紅茶とカップケーキと、ハルくんの笑顔で二千円かしら。

ああでも、もうちょっと払ってもいいかも！」

　こっちは財布の紐《ひも》がガバガバだ。紅茶とケーキなら千円で十分だろう。それにもかかわらず、「食事のお礼ですから」と、断るハルに残念がっている。

　そして彼は、あまったカップケーキを茶色のシンプルなワックスペーパーに包んで赤いリボンをかけた。

「行こうか、トーコ」

「行く？　どこに？」

「野菜のお礼」

　カップケーキを包んだワックスペーパーとお茶のセットをトートバッグに入れ、ギャルソン風の英国紳士（自称魔女）は立ち上がった。


　暑い時間は農作業をしない。

　ではなにをしているかというと、意外と昼寝という家が多かった。高齢者世帯は朝が早いと聞くけれど、夕方も働く彼らの夏は、昼夜逆転生活がごくごく普通に取り入れられていた。これぞ天然のフレックスタイム制度だ。

　もちろんすべての家が昼寝タイムというわけではなく、三時ともなると、お茶を飲んでそろそろ仕事をはじめようと準備をする家もあった。私たちはそのタイミングで民家にお邪魔することに成功した。

「あれまあ、こんなイケメンがお茶なんて！」

目が皺《しわ》に埋もれた腰の曲がったご老人、梅《うめ》ばあちゃんがぽぽっと頬《ほお》を赤らめて喜んでいる。「ちょっと待ってくれ」と、彼女は機敏に家から出ていき、五分もしないうちに二人のおばあちゃんを連れてきた。松《まつ》ばあちゃんと竹《たけ》ばあちゃん、三人そろうと松竹梅《しょうちくばい》になり、仲良し三人組だ。

「イケメンがお茶を淹れてくれるって言うんでさ、呼んじまったよ」

うへへ、と、独特の調子で笑っている。

「野菜のお礼なんだろ？　俺、ピーマンしか持ってってねえのに」

「俺んとこはオクラだ」

「まあまあ、寿命がもう五十年増えたら、もっと野菜作れるだろ」

おばあちゃんたちがキャッキャと浮かれている。モンペに枯れ草色のスモック、白い手ぬぐいでほっかむりという、色に違いはあっても見事に同じ服装なせいか、分身の術でも使っているかのような雰囲気だ。縁側で腰を下ろして談笑している姿が微笑ましい。

「猫ちゃんだ！　猫ちゃんだ！」

私たちにくっついてやってきた黒猫に梅ばあちゃんが嬉しそうに手招きした。猫を囲んでほのぼのしているうちにハルが紅茶を淹れた。

紅茶とカップケーキは好評で、おばあちゃんたちは終始ほくほく顔だった。あまったカップケーキは電子レンジで三十秒ほどあたためるとパサパサ感がなくなってふっくらおいしく食べられる。そんなことまで教えている。

和気藹々《わきあいあい》とおしゃべりしていると、汗だくの信也さんが息を弾ませながらやってきた。

「よかった、やっと見つけた」

首にかけたタオルで汗をぬぐい、ふうっと息をついて日陰《ひかげ》に駆け込む。

「ありゃ大変」

梅ばあちゃんが慌てたように台所に行き、グラスになみなみと麦茶をついで戻ってきた。

受け取った信也さんは、ぐいっと一息に飲み干しもう一度汗をぬぐった。

「昼間っから畑仕事か？　信さんぽっくり逝《い》っちまうよ」

「まだ若いのに」

「ニュースでやってるだろ。ぽっくりだよ」

おばあちゃんたちの心配の仕方は直接的だ。信也さんは顔の前で手をふった。

「違う違う。立ち話してたんだよ。ほら、例のあれ。また昨日も出たって話でさ」

「赤いの？」

松ばあちゃんが、手首を曲げて胸の前でぶらぶらさせた。

「そうそう、赤いの。村中徘徊《はいかい》してるって、先生んとこの息子が大騒ぎしてたんだって」

この村で〝先生〟と呼ばれる人間はそう多くない。信也さんが言う先生のところの息子というのは伊木大地《いぎだいち》のことだろう。おばあちゃんたちは信也さんの言葉に色めき立つ。

「ありゃまあ、またかね」

「キツネだろ。化かされたか」

「これじゃないかって薫《かおる》さんが言ってたんだけどねえ」

信也さんが、肩でなにかを支えるような仕草をして片目をつぶった。狩猟《しゅりょう》の構えだ。

「解禁は十月だろ」

「たちの悪いのが山に入ってるって言うんだよ。ジビエ人気だから密猟だろうって」

信也さんたちの会話で思い出したのは、山に迷い込んだときに出会った男の人だ。でも、精巧なエアガンという可能性も捨てきれない。

「次郎《じろう》さんは違うって否定したんだ。密猟なら民家には用はないだろ?」

もう一度額《ひたい》の汗をぬぐう信也さんを見て怖くなった。田舎で危機感の薄い近隣住民は、昼も夜も、外出時だって施錠をしない。玄関に鍵をしても窓が開いているなんてしょっちゅうだ。慣れとは恐ろしいもので、わが家もどんどんおろそかになっている。でも、こんな話を聞いてしまうと呑気に構えてはいられなかった。

村を徘徊しているのは泥棒に違いない。

「不審者は赤い服を着てるんですか？　被害は？　なにを盗《と》られたんですか？」

尋ねた私の肩を、信也さんが勢い込んでがっちりつかんだ。

「心配だよな!?」

「はい」

「菫子ちゃんならそう言ってくれると思ってたよ！　捕まえてくれるよな!?」

思いがけない懇願に私はぽかんとした。

「聞いたよ、先生んところの娘が焼いたクッキー事件も解決したんだろ」

「あれは事件ってほどのものじゃないです」

「謙遜《けんそん》すんなって！　いやあ、俺は痺《しび》れたね！　また犯人捕まえるんだからよ」

田舎の噂《うわさ》は電光石火《でんこうせっか》で伝わるようだ。しかも内容が全然違う。クッキーは失敗して学校に持ってきていないことになっていたはずなのに、いもしない犯人が捕まったことになっている。噂話は派手なほうが好まれる。尾ひれどころか背びれも胸びれもくっついて、話がどんどん大げさになってしまったのだろう。

会話の流れから、私は彼の言わんとすることを理解した。

「は、犯人を捕まえるなんて私には無理です！」

断言すると信也さんは「いやいや」と首を横にふった。

「犯人じゃなくて幽霊だ。幽霊を捕まえてほしいんだ」

——もっと無理な気がした。

幽霊が目撃されるようになったのはここ一カ月のあいだだと言う。目撃談にはかなりばらつきがあり、赤い服を着ていた、花柄ワンピだった、小太りな女だ、いやいや意外と痩《や》せていた、髪が長かった、月が明るい夜に出るなど、なんとなくまとまりがなかった。

「……髪の長い、スカートの女」

まとめるとこの二点は共通していた。

「幽霊なんて歴史を感じるね」

私はちっとも乗り気じゃない。でも、ハルはなぜだか興奮している。

「古いものには歴史がある。幽霊もその一部だよ」

どうやら発想そのものが私とは違うらしい。イギリスでは幽霊つきの物件は人気なのだと彼は冷静に語った。これっぽっちも共感できないが、古いことに価値を見いだす国民性、という認識で納得することにした。

結局私は、幽霊騒動の依頼を勝手に快諾するハルと、土下座せんばかりに頼んでくる信也さんの勢いに押されて了承することになってしまった。

夜、私はお母さんとハルとともに再び食卓を囲んでいた。たっぷりのかつお節と糸唐辛子ののったナスの煮浸しに、信也さんからもらった新鮮卵で作ったふわとろの玉子あんかけ、昼の残りのピーマンに甘辛く煮たそぼろを詰め、とろけるチーズをのせてレンチンした簡単なのにすこぶるおいしいピーマンの肉詰め、素人《しろうと》とは思えない上品な味つけのゴマたっぷりのオクラなど、本日も野菜を中心にした贅沢な食卓だった。日本食に慣れているらしいハルは、それらの料理を実においしそうに食べていた。

「ハルくん、お風呂にも入ってきなさい。湧き水じゃ冷たいでしょ」

マンションをいつも病的に片づけていたお母さんは、古石川村に越してきたあとも暇さえあれば掃除をするほど掃除マニアだ。そんなお母さんは、やっぱり片づけの丁寧な男の子が好みらしい。昼間、カップケーキを焼いたあとの流し台の美しさに惚《ほ》れ込んだのは私でも理解できた。椅子に座ったらまず新聞を広げ、そこから一歩も動こうとしなかったお父さんと比べれば、お菓子しか作れないと言いつつも、片づけも料理も積極的に手伝おうとするハルへのポイントが高いのは当然だっただろう。

「ありがとうございます」

そして、素直にお礼を言う彼は好感を持てる人物だった。見た目だけは最強であることを私も認めている。問題は中身だ。だが、少し彼の扱いにも慣れてきたし、そもそもいつまでもビクビクしているのも性に合わない。

ハルがお風呂に行くのを見送ったあと、私は小さく息を吸った。

「お母さん、今日、ちょっとハルと、花火、してくるね」

幽霊を捕まえに行くなんて突飛なことは言えずに小さな嘘をつく。「えっ」と、お母さんは目を丸くしてからちょっと考え部屋に引っ込んだ。なんだろう。変な反応だった。気味悪くふすまを見ているとお母さんが布の塊を持って戻ってきた。

「花火ならこれ！　浴衣でしょ！」

「い、いい。そういうのは、いい！」

「着なさいよ。かわいいわよ」

お母さんは強引に私に浴衣を押しつけてくる。紺色の浴衣には紫や青、水色の朝顔が咲き、深みのある赤い帯は落ち着いて華やかだった。「お母さんが若い頃に着てたの」と、懐かしそうに笑った。

ふわりとナフタリンのにおいがただよってきた。この浴衣はきっと、捨てられずにいたものだ。そこには思い出があって、思い出の中にはお父さんもいたのだろう。そう感じた瞬間、喉の奥から「どうして」という言葉がせり上がってきた。どうしてお母さんは平気な顔をしていられるんだろう。

「お母さん」

呼びかけると「んー」と声がする。離婚するって決める前に、どうして言ってくれなかったの？　私はずっといい子を演じてきた。でも、もう十六歳だ。お母さんたちが思うよりずっと大人だ。相談くらい、してくれてもよかったはずだ。

引っ越して慣れない生活にバタバタして、ハルに振り回される日々に考えることをやめていた。けれどこうしていると、さまざまな形で不満が膨れあがってくる。

「なあに？」

お母さんは、返事をしながら丈を確認するように浴衣を軽くひっぱり、上前《うわまえ》を合わせ、下前《したまえ》を少しだけ高めに固定しながら再び上前を合わせて腰紐を巻いた。思い出の浴衣を娘に着せているのにちっとも動揺していない。もちろん、一度壊れた関係を修復するのが難しいことくらい私にだってわかる。お父さんが選んだのがお母さんの妹であった時点で復縁の可能性は完全に絶たれていた。だけど、そんなに単純なものではないはずだ。お父さんの裏切りに怒りも悲しみもないなんて、これっぽっちも取り乱さないなんて、そんなの、まるで。

私はぐっと唇を嚙《か》んで小さく息を吐き出した。

怒るな。自分の感情を相手にぶつけるな。心の中で六かぞえ、意識を逸らす。

「西に一軒だけ建ってる家って、ハルが暮らす前、誰か別の人が住んでなかった？」

「ずっと空き家よ？」

またここでも記憶の乖離がある。戸惑うと、お母さんは「あっ」と声をあげた。

「八年前に引っ越してきた人がいたわ」

ばくんっと心臓が跳ねた。

「それって八年前の、……夏？」

お母さんの手が止まった。

ハルが八年前に暮らしていたのがあの場所なら、私の記憶にある〝あの子〟がハルという結論になって、同時にそれは彼を忘れていないということになる。

だが、あの記憶自体があまりにも曖昧《あいまい》で現実味がない。

「菫子はあのときのこと覚えてないのよね？」

お母さんは帯を結びながらさぐるように私を見てきた。

「え？　うん、あんまり、覚えてない」

「……住んでたのは宇堂《うどう》さんよ。夏のあいだ、ほんの短い期間だけあそこで暮らしていたの。息子さんと三人家族だったのよ」

夢が現実に繋がる。私はこくりとつばを飲み込んで口を開いた。

「その男の子、どんな子だった？」

お母さんは「さあ」と首をかしげた。

「体が弱くて会ったことがなかったのよね。引っ越しのあいさつもご両親だけだったから。夏休みに入ってから越してきたから、息子さんは学校にも行ってなかったし」

「会ったことがない？　一度も？」

「――菫子、あなた本当になにも思い出せないの？　あのときのこと」

「あのときって？」

焦《じ》れて尋ねても、なにか迷うように言葉が途切れてなかなか返事がない。「お母さん」と呼びかけると溜息が聞こえてきた。

「あなたは宇堂さんのところの息子さんと仲がよかったみたいなの」

「その子は今どこにいるの？　もしかして、その子――」

捕まえた。記憶の切れ端。詳しく尋ねようとしたら、お母さんが続けて断言した。

「亡くなったわよ」

「え……？」

「ひどい状態だったって、救助に駆けつけた人たちが言ってたわ」

亡くなった？　八年前のあの夏に？　そんなはずはない。ハルはわが家にいて、さっきまで一緒に食卓を囲み、今はお風呂に入っている。お母さんの話が真実だとしても、あんな存在感のある幽霊がいるはずがない。

「あの事故以来、あなたは古石川に帰るのを怖がって、泣いて叫んで大変だったのよ。理由を訊いても知らないって言うばかりで……」

聞いているうちに少しだけ思い出した。暗いのが怖くて、家に帰ることすら拒絶した。何度も失神するからお父さんたちも心配し、七江子《なえこ》おばさんが仕事で忙しいお父さんと、私につきっきりになったお母さんのために新居を探し、安くて小さなアパートに引っ越すことになった。そこは七江子おばさんの住むアパートからとても近い場所にあった。

血の気が引く。

数年でそのアパートから少し広めのマンションに引っ越した。だけど、私のわがままが、家族の破綻《はたん》を招く小さなほころびを作ってしまったことは間違いない。

お父さんと七江子おばさんが親しくなるきっかけを、私が作ったのだ。

息苦しい。酸素を求め口を開くのに空気を吸い込むことができない。こめかみがガンガンと痛み出す。大好きだった〝あの子〟が死んで、失った記憶の代わりに〝ハル〟が現れた。強烈に記憶に残る青い目は確かに同じもの――そして私は、家族を壊してまで正体不明の闇に怯《おび》えていた。

「海外旅行のとき、この浴衣を着たのよ」

帯を整えたお母さんがぽつんと言葉をこぼした。それを合図に私は大きく息を吸う。そのままあえぐように質問を口にした。

「浴衣を?」

「急に日本が懐かしくなって着たくなったの。そうしたら声をかけてきた人がいたのよ。それがお父さん」

私はなにも言えなかった。お母さんは今も浴衣を大切に持っている。お母さんの心がお父さんから離れたわけじゃない。それでも別れざるをえなかった。一番大切な思い出を手放さないまま、別の道を歩いていくことを決めた。

立ち上がったお母さんが、ぽんっと私の背中を叩く。

「せっかくだから楽しんでらっしゃい。お母さん、ハルくんとなら応援しちゃう」

胸の痛みに唇を嚙んだ私は、過去を吹っ切るように明るく言い放つお母さんにぎょっと目を剝《む》いていた。

「ち、違うから！」

「えー、違うの？　菫子はちっともボーイフレンド紹介してくれなくて、お母さんつまらなかったのよねえ」

「全然違う」

強めに言うと、廊下の奥から物音が聞こえてきた。ハルがお風呂から出たのだ。わが家に溶け込みつつある彼は、いったい何者なのだろう。死んだあの子が生き返ったなんて、そんな奇跡があり得るのだろうか。

着替えは持ってきていなかったから、ハルはそのままTシャツとコットンパンツを身につけている。濡れた髪をちょっと乱暴にタオルで拭く姿は、それはそれは艶《あで》やかだった。

「ハルくん、うちの洗濯機、洗濯槽と脱水槽が別々になってるタイプなの。ちょっと面倒だけど手洗いよりずっと楽だから使ってみる？　明日、洗い方を教えてあげるわね」

お母さんはそう言ってから、こっそりと私にウインクした。本当に違うのに、もうすっかりその気だ。お礼を言ったハルは、私を見るなり目を丸くした。

「浴衣だ」

「……は、花火を、するって言ったら、お母さんが……」

目を瞬いたあと、ハルは「悪くない」とうなずいた。なにが悪くないんだ。その場合、紳士は「かわいい」とか「似合う」とか、冗談でも言っておく場面じゃないのか。

「よかったわね、ハルくん気に入ってくれたみたいよ」

お母さんは斜め上の発想でニコニコだ。いろいろ訂正したかったが、問い詰められるとボロがでそうだったので、私はハルの体をぐいぐい押して玄関まで誘導した。

「いってきます」

「遅くならないように帰ってらっしゃい」

マンションに住んでいた頃はときどき友人につきあって遊ぶくらいでほとんど学校から直帰だったし、夜も勉強をしていたから夜遊びの経験だって一度もない。だから、幽霊捜しとわかっていてもドキドキしてしまう。

もっとも今は、ハルという存在を警戒して緊張しているのもあったけれど。

暗く湿った土の感触。あの不可解な夢と〝あの子〟には、もしかしたら関連があるのだろうか。どう尋ねればハルから正確な情報を得られるか、私は頭を悩ませる。

知りたいのは彼が隠す謎と、彼が胸の奥に秘めている真実。

それを暴くにはどうすればいいか。

「花火をするの？」

玄関でサンダルを履く私に、ハルは小さな声で確認してきた。

「そうでも言わないと出かけにくいでしょ。お母さん、耳がいいから真夜中にこっそり抜け出そうとしても見つかっちゃう」

「説明すればいいのに」

「幽霊を捕まえに行くって？」

「そうだよ」

当然とばかりにハルがうなずく。本当にここら辺の考え方は私とだいぶ違うらしい。そして彼は、ごく自然に手を差し出してきた。

「大丈夫」

エスコートするつもりなのだと気づいてとっさに断り玄関を出る。昼間の熱気がわずかに残る闇はじっとりとまとわりついて気味が悪かった。本当になにか出てきそうだ。

「今日は満月だ。でも、さすがに森の中は暗いね」

ハルの声に私はスマホを取り出した。通話用としてもネット用としてもまるで使えないが、時計機能は大切にしようと最近はちゃんと持ち歩いている。スマホのライトもこういうときにはとても役に立つ。

「ハルはスマホを持ってないの？」

「お金がかかるから」

利用に制限のあるスマホは毎月出費がかさむだけのちょっとした便利グッズと化していて、不本意ながら彼の言葉に納得してしまった。

溜息とともに辺りを照らしていると、ハルがすたすたと歩き出した。

ハルが進むのは西だ。私は慌てた。

「ハル、どこに行くの？　待っ……きゃっ」

追いかけるとなにかにつまずいた。そして案の定、ハルに支えられてしまった。「ほら、やっぱり危ない」と、私の手を取って歩き出した。

あたたかい手は、やはりどう考えても死者のものではない。だめだ、混乱する。

「ハル、放して。たまたまなにかにつまずいただけ、で、平気、……わっ」

今度はなにかを踏んだ。コンビニなどで見かけるお弁当のプラゴミだった。なぜこんなところに？　そう思って顔をしかめている私をハルがひょいと抱き上げた。

「きゃああああ」

「夜だよ」

言われて慌てて口をつぐんだ。近所迷惑というほど家が密集しているわけではないが、都会のようによけいな音がないぶん声がよく響く気がしてそれ以上の抵抗ができなかった。私の悲鳴で噂がさらに大きくなるのも困る。

小川を渡ったあと、ハルは私を下ろすともう一度手を取った。これはきっと英国紳士の基本仕様に違いない。断っても拒否しても最後にはエスコートされてしまうので素直にしたがうことにした。しかし、慣れない。混乱のあまり渋面になってしまう。そんな私の反応が面白いらしく、ハルはくすりと鼻で笑った。

ハルが足を止めたのは、彼が倒れていた村はずれの一軒家だった。

「ハ、ハル？」

八年前は宇堂さんの家で、夢で見た〝あの子〟の住んでいた場所。そういえば、〝あの子〟の名前は思い出せないままだ。ぐるぐる考え込む私を裏庭に残し、ハルはその場から離れると、バケツとろうそく、ライター、そして、線香花火を持って戻ってきた。

「……なんで線香花火なんて持ってるの？」

「君は自分が言った言葉を覚えられないタイプ？」

「そういう意味じゃなくて！　幽霊を捜すために家を出たのにどうして花火なのよ」

「日本の夏は花火だし、花火といえば線香花火だと僕は思うんだ」

「だから……」

「花火をするって愛子《あいこ》さんに言ったんだろ。君は、嘘をついてない」

「…………!!」

屁理屈だ。でも正直、救われるような気がした。肩から力が抜けて、「なにそれ」と悪態をつきながらも素直に線香花火を受け取っていた。

友人たちは花火を見に行くと盛り上がっていた。浴衣を着て、賑やかに。空に開く大輪の花はきっとみんなを魅了するだろう。手元で消えてしまうちっぽけな花とは違う。だけどこれは私だけの花――それは、とても贅沢なもののように思えた。

「僕もやってみたかったんだ、君と」

聞こえてきたハルの言葉に顔を上げ、私は息を呑む。彼の横顔が寂しげにゆがんでいた。

ざあっと風がざわめき、彼の表情を隠す。

『今度、一緒に花火を見ようよ』

幼い声が聞こえてはっと家を見た。でも、窓辺には誰もいない。ただ闇だけがぽっかりと口を開け、私の意識を呑み込んでいく。

「トーコ?」

ハルの声に視線を戻す。

「……私、前にもハルと同じような約束をした?」

私の問いにハルはかすかに笑い、白いろうそくに火をつけた。彼の存在がまた少しあやふやになる。視線を巡らせ森を見ると「にゃあん」と声がして、夜からこぼれ落ちた闇が小さく切り離されて近づいてきた。

「あ、猫だ」

もしかしたらこの近所にねぐらがあり、私たちの声に気づいて様子を見に来たのかもしれない。黒猫がかわいらしく鳴くと、再びざあっと木々が波打った。

月が雲に隠れ、黒猫の青い目だけがぼうっと闇の中に浮かび上がる。総毛立つような感覚に私は身震いしていた。

「魔女が集会《サバト》を開きそうな夜だ」

ささやくハルの目も闇夜に揺らめく青い炎だった。

幽霊なんて信じていない。魔女も使い魔ももちろん信じない。だけど鳥肌が収まらない。

「ハルは、もう死んでるの？」

「……それは君が思い出すべきことだ。答えのすべては君の中にあるのだから」

否定も肯定《こうてい》もせずろうそくを差し出してきた。果たして真実に近づいているのか、あるいは遠ざかっているのか。私は魔女の瞳を見つめ返しながら線香花火に火をつける。

ぱっと小さな火が弾《はじ》けた。

咲いては消える火の花をハルは興味深そうに見つめ、黒猫は警戒しつつも、好奇心旺盛《おうせい》に私たちの手元で弾ける火の塊を眺めていた。

どうやらこの問いはいったん保留にしたほうがよさそうだ。

「幽霊、捕まえられそう?」

「トーコは面白いことを言うね」

質問を変えるとハルがきょとんとし、私は思わず顔をしかめた。ニュアンスから、幽霊は捕まえられない、ということなのかと予測する。

「死人なら幽霊くらい捕まえてよ」

「そういう安っぽい挑発は品位を下げるよ」

品位。日常生活ではあまり耳馴染《なじ》みのない単語だ。ぬうっと口を引き結んでハルを睨むと、線香花火の先にできた小さな火の玉が草の上に落ちた。熟《う》れた果実のように赤く色づいた火の玉は、すぐに黒く変色して闇に呑み込まれた。

私は小さく息をつく。

ハルは幽霊を捕まえる気がない。彼はこの件に深くかかわるつもりはないのだ。

そうなれば次に取る行動は一つだ。

「ハル、明日信也さんに謝ろう。私たちじゃ……」

「しっ」

ハルは人差し指を自分の唇にあててから、その指で私の唇をちょんとつついた。

「……っ……!?」

予想外のハルの行動に私は真っ赤になった。この男、自分の行動が他人に与える影響をまったく理解していない。涙目で睨んでいると、ハルはじっと私の目を覗き込んだあとゆっくりと遠くへ視線を投げた。

私は震えながらも彼がうながす先を見た。

「……あれって……」

黒々とそそり立つ木のあいだをなにかがすうっと移動した。木とは明らかに違う、赤黒いなにか――人に見えた。髪の長い、毒々しい血の色のワンピースを着た女の人。幽霊と呼ばれるのがふさわしいほど、それは背を丸め、両腕をだらりと垂れ下げて歩いていた。一歩、一歩、また一歩、月の光の届かない闇の中を進んでいく。

「ハ、ハル、あれ、見えてる？」

「僕は視力がいいからね」

ハルの返答にこわばった私の体から力が抜けた。

「冗談言ってる場合じゃないでしょ」

軽く睨むとハルが「真剣なのに」と神妙な顔で返してきた。どこまで本気なのかわからない。でも、彼の言葉で恐怖心がやわらいだのは事実だ。遠くで草を踏む音がする。ハルと視線を合わせ、うなずき合ってから息を殺して幽霊のあとを追った。病的に細く、青白い顔をした人ならざる者が幽霊だ。人を呪ったりこの世に未練があったりして成仏《じょうぶつ》できずこの世にしがみつく怪異。

ゆらゆらと体を大きく揺らして歩く幽霊を追いながらハルを見た。

「あれってどうやって捕まえればいいんだろう」

草に悪戦苦闘しながらついてくる黒猫を抱き上げて尋ねると、ハルは軽く肩をすくめた。

「ネズミにはチーズを、猫にはネズミを、トーコには猫を……でも、幽霊はちょっとわからないね」

「わかった」

「ん？」

「ハルのその言い回し、無意識なのね」

質問の答えを彼からストレートに得ることは困難なのだ。理解した。とりあえず、今は幽霊が優先だ。

「ハル」

呼びかけると真下から「にゃあん」と声がした。そういえば、まだ猫の名前が決まっていなかった。私は大きくうなずいた。

「よし、君は今日からハルだ」

「……待ってトーコ、それは猫だよ」

「いい。こっちのハルのほうがよっぽど素直に返事をしてくれてかわいい」

「だけどそれは猫だ」

「猫じゃない。使い魔。ハルがそう言った」

「にゃあん」

耳をピクピクさせたあと黒猫が鳴く。

「じゃあ行こう、ハル」

「にゃっ」

ぐうんっと伸び上がった黒猫のハルが、鼻を私の顎《あご》にこすりつけてきた。ひんやりと冷たい。やっぱりこっちのハルのほうがかわいい。

「よーし、ハル。一緒に幽霊を捕まえよう」

「にゃあん」

しっぽがゆらゆら揺れている。

「その猫がハルの場合、僕はなんて呼ばれるの？」

「ハル二号」

「いや、僕が一号だろう。猫は二号だ」

ハルと呼ぶこと自体は構わないらしい。おかしな反応をする彼に私は思わず噴き出した。

人間のハルは目を見張り、困ったなあ、という顔をする。黒猫のハルは機嫌良くしっぽを大きく左右にふり続けた。

「ところでトーコ、幽霊がいなくなった」

ハルの指摘にぎょっと正面を見る。闇が風で大きく揺らめき、月光が針のように差し込む。ハルの言う通り、漆黒《しっこく》で塗り固められた森に幽霊の姿はなかった。慌てて駆け出し、なにかに足を取られてバランスを崩した。まただ。アスファルトが作り出す水平に慣れている私は、こうした道とは相性が悪いらしい。

「地面とキスでもする気？」

素早く私を抱きとめたハルがにっこりと笑顔で問いかけてきた。「その猫は君のエアバッグには小さすぎる」と続けてくる。猫を放して体を支えろ、そう言いたかったらしい。

「ハルが守ってくれるんでしょ？　紳士なんだから」

「……なるほど、そうくるか」

目を瞬いたハルはおかしそうに笑った。いたずらっぽく、会話を楽しむように。その独特の雰囲気にちょっと視線が泳いでしまった。見た目に騙《だま》されてはだめだ。私は動揺を吐息とともにそっと吐き出し、黒猫のハルの両前脚を肩にかけさせて、小さなお尻から背中にかけて支えるように左腕で固定した。

そして、自由になった右手をハルに差し出す。

「紳士ならエスコートしてくれるでしょ」

きょとんとしたハルが、不思議な――苦みと懐かしさを浮かべた、とても複雑な笑みを浮かべた。

けれど、否定することなく下から支えるように私の手に触れ、そっと握りしめてきた。

「もちろん、喜んで」

熱が伝わってくる。

どうしてなのか、何度も手を繋いだことがあるのに、今が一番ドキドキした。

それを悟られまいとぐっと唇を噛む。

幽霊を捜すべく私たちは夜の森を歩く。でも、やっぱりそれらしい姿はなく、すぐにコンクリートブロックで造られた壁に行き当たった。アルミ製の勝手口は施錠されて入れず、左手には急斜面があった。足跡など不審なものがなかったので右に進んだと想定して歩いてみると、道路に面した表玄関へ出た。表札は安定の「古石川」だ。電気がついていたので家人はまだ起きていると判断し、ドアチャイムを鳴らす。だが、なにも聞こえない。どうやら壊れているらしい。

これまでか──そう思ったとき、ハルが身を乗り出し門扉《もんぴ》の内鍵を開けてスタスタと庭に入っていってしまった。

「ハル！」

「話を聞くだけだよ」

驚く私にハルはそう答えて草の中を進んでいく。夜目にもわかるほど荒れ放題の庭だった。ハルは足を止めて庭を眺め、少しだけ目を細めた。手入れされていないのか壁の一部が浮き、玄関ドアも風雨に色あせひどくみすぼらしい。ハルはそれらには目もくれず玄関のドアを叩いた。エアコンの室外機がないのに窓は閉め切られ、カーテンも閉まっている。中は相当蒸れているに違いない。とても誰かがいるとは思えなかった。

けれど、ハルが繰り返しドアを叩いていると家の中から音がした。やがて細くドアが開き、青白い男の顔がぼうっと浮かび上がった。大きな体を小さく丸め、ぼさぼさの頭は脂でじっとりと濡れていた。かろうじて髭を剃《そ》る気力はあったのか、濃い顎髭がうっすら黒く覗いている。もっとも、全体的な印象はお世辞にも清潔とは言えなかった。むわっとただよってくるにおいが腐臭に思え、私は無意識にドアから一歩離れていた。

「突然すみません」

ハルはこの状況に眉一つ動かさず丁寧に謝罪した。さすが英国紳士を自称するだけある。同じ年頃の男の子なら騒ぎそうなところを見事にスルーしている。

「最近、身の回りにおかしなことはありませんでしたか？」

ハルの質問が謎すぎる。幽霊のことを尋ねるのかと思ったのに、問いかけが完全に斜め上だった。

「別に、なにも」

男性は怪訝《けげん》な顔をしながらも、ようやくそう答えた。戸惑う気持ちが痛いほどわかり、私はハルの横顔を見つめる。彼はやっぱり真面目《まじめ》くさった顔で質問を追加した。

「体調が悪いとか、物音を聞いたとか、人の気配があるとか」

「なにも、ないけど……君たちは誰？」

「失礼しました。名探偵とその助手です」

「ハ、ハル！」

ひいっと私は悲鳴をあげる。人を食った返事にもほどがある。私はハルを押しのけて警戒をあらわにする男の人の前に立った。

「すみません、私は、さ……古石川董子です。古石川愛子の娘で、最近ここに越してきたんです。彼はハルです。彼もここに越してきたばかりで……あの、宴会のとき、いらっしゃいましたか？」

「宴会？　ああ……回覧板で回ってきてた歓迎会？　ごめん、その日は体調がよくなくて行けなかったんだ。そうか、君は……俺と同じ、Uターン組か」

「Uターン組……ってことは、村の外に行って、戻ってきたんですか？」

「そうだよ。よく知ってるね」

笑顔がうつろで見ているだけで背筋がぞくぞくしてくる。

「あの、つかれてませんか？」

ハルが私を押しのけた。紳士にあるまじき暴挙だった。

「つかれてるって……」

「幽霊に、憑《つ》かれてませんか？　最近、村中を徘徊しているって噂なんです」

「……俺はずっと家にいるからそういうことはちょっと……」

畑仕事に従事する村の人たちは、たとえ帽子をかぶっていても照り返しで健康的な小麦色の肌をしている人が大半だ。それを考えると、ずっと引きこもっている人特有の青白さが彼の肌にはあった。

「……幽霊、か。俺を取り殺してくれたらよかったんだけどなあ」

彼は昏《くら》い声でつぶやくと顔を伏せ、静かにドアを閉めた。ハルはもう一度ドアを叩こうとしたが、溜息とともに手を下ろした。

「幽霊と、幽霊に殺されることを望む男性、か。なかなか詩的な状況じゃないか」

「不謹慎」

たしなめようとして、私は言葉を呑み込んだ。

ハルの顔はとても険しく、そして悲しげにゆがんでいた。

3

朝ごはんは、にんじん、タマネギ、もやし、キャベツなど、入手した野菜をたっぷり入れて煮たあとに固形調味料で味付けをしたシンプル・イズ・ベストな冷たいスープと、納豆、サラダが鉄板だ。ちなみにハルも一緒で、納豆の苦手な彼のためにキムチを出したらそれも不評だった。納豆とキムチを炊きたてのごはんに同時にのせるときの幸せなひとときが理解できないなんてもったいない。この世の終わりみたいな顔で見つめられるといろいろ訂正したくなった。

「昨日は遅かったのね」

お母さんはナスの浅漬けを頬張りながら私たちに声をかけてきた。すごく普通に話しているのに興味津々《しんしん》なのがバレバレだ。

「線香花火だから時間がかかったんです」

ハルはにっこりと答えた。そこじゃない。そんな答えを求めてるんじゃない。だけど今は微妙にベストな返答だ。

「あら、線香花火っていいわよね」

「今度一緒にやりますか？」

「嬉しいわ。誘ってくれるの？」

——おかしい。こんな会話でいいのだろうか。娘が異性と一緒にいることに興味を持つ母親が、いきなり娘を飛び越えて異性と一緒に遊ぶ約束をするのはどうかと思う。

「ハルは忙しいの」

私はお母さんとハルのあいだに割って入った。きょとんとしたお母さんは、意味深に

「うふふ」と笑った。

「菫子ったら焼き餅焼いちゃって」

「焼いてないから！」

「すみません、愛子さん。僕には先約があったみたいです」

「そ、そっちのハルとは約束してない！　私はこっちのハルと約束があるから！」

耳をピクピクと揺らす黒猫を見ると、ハルがことんと首をかしげた。

「その猫は君のエアバッグには小さすぎるって、僕は昨日も言ったと思うけど」

聞き分けのない子どもに言い聞かせるように告げられて私は口をへの字にする。彼の顔には書いてある。「もちろん僕と幽霊捜しに行くよね？」と、自信ありげに、当然のように。けれど彼はそれを素直に口にはしないのだ。カチンときた。

「行かないからね!?」

「トーコは、僕を惚れさせると言ってなかった？　一緒にいたほうが有利だよ？」

ああ、聞いたことがある。確かあれだ、ザイオンス効果だ。会う回数が増えると好意を持つというやつだ。職場結婚にも貢献している現象だ。

お母さんが目を輝かせて様子をうかがっているのに気づいて焦った。

「惚れさせるなんて言ってないから！」

断言して朝食をかき込み、黒猫を抱き上げると乱暴にハルの手を取った。

「そんなに照れなくても……」

「いいから早く！」

神々《こうごう》しく麦茶を飲む彼をひっぱっていると、玄関から物音がした。「董子ちゃん、いるか？」と声をかけながら勝手に家の中に上がってくるのは信也さんだ。マンションのときには考えられなかったが、恐ろしいことに今ではこれが日常になっている。信也さんは今日も鼻息が荒い。そんな彼が声をかけてくるとろくなことがないのだと、私はすっかり学んでいた。

幽霊捜しを断るために彼のもとへ行くつもりだった。だが、どうやら日を改めたほうがいいらしい。まず逃げるのが先決——そう考え、居間まで上がり込みそうな勢いの信也さんを廊下の途中で押しとどめ、玄関まで押し戻した。そして、猫をかかえ、ハルの手をひっぱりつつ靴を履くと信也さんを外へと連れ出した。われながら器用だ。

「い、今は忙しいので！」

婉曲《えんきょく》の固辞《こじ》に、信也さんは構わず本題を口にした。

「昨日もまた幽霊見たってみんなが騒いでるんだよ！　頼むよ、董子ちゃん！　作家先生の娘なら、ぱぱっと解決できるだろ!?」

作家がどれほど万能だと思っているのか、信也さんは真剣な顔で懇願してきた。いっそお母さんに直接頼めばいいのに、とは思ったが、それではお母さんが苦労するだけだ。

〝無能な作家先生〟より、〝役に立たないその娘〟のほうが、まだ幾分かマシな気がした。

「僕たちも昨日見ました。あの幽霊は村中を徘徊するんですか？」

ハルがよけいなことを尋ねると、信也さんが大きくうなずいた。

「そうなんだよ。捕まえようとすると消えるんだ。ここだけの話なんだけどな、卓朗《たくろう》のところのかえでさんじゃないかって、みんなが噂してる」

「幽霊の正体がわかってるんですか？」

思わず私は聞き返していた。幽霊なんて捕まえられるはずがない。けれど、正体がわかっているなら、捕まえる方法が見つかるのではないかと期待してしまう。

信也さんが語るかえでさんの話は、私たちが昨日見た幽霊とおおよそ同じようなものだった。髪が長く、暖色の服を好み、比較的体格のいい太めの女性――二年前、夫であり古石川村で生まれ育った卓朗さんとここへ越してきた直後の姿だ。村の外で出会った二人は村の外で結婚し、十年あまりそこで暮らしていた。かえでさんは四十二歳で子どもはなく、勤めていた会社をやめた卓朗さんと農業に従事するため引っ越してきたらしい。人付き合いが苦手な卓朗さんとは対照的に、かえでさんは明るくて働き者で、人当たりもいい器量よしだった。だから彼女が亡くなったとき、村中の人が悲しんだと言う。

幽霊を見失った場所がかえでさんの家だと知って背筋が寒くなる。

「かえでさんが亡くなったのはいつですか？」

「一年前だよ。董子ちゃんたちが越してくる前に一周忌が終わったばかりだ」

「事故だったんですか？」

次いで尋ねたのはハルだ。信也さんは首を横にふった。

「がんだ。元気そうにしてたんだけど、ここに来たときにはもう末期だったって話だ。治療もうまくいかなくて、残りの人生は好きなところでゆっくり暮らしたいってな」

「そういう場合はかえでさんの実家に行くんじゃないんですか？」

わざわざこんな田舎に、しかも親しい人のいない夫の地元に越してくるなんて不自然な気がした。

「かえでさんは天涯孤独《てんがいこどく》の身の上だったんだよ。ふくよかな人だったのに最期《さいご》はガリガリに痩せちまって、そりゃあ痛々しかったなあ」

村中を徘徊しているのはかえでさんだと皆が噂をしている。それを知って、卓朗さんがどんどんやつれていくと言うのだ。

「ここだけの話、かえでさんが卓朗に取り憑いてるんじゃないかってみんな気が気じゃなくてよ。村のもんも心配して卓朗のところに簡単に食えそうなもの持ってってるんだけど、憑き物だと手も足も出ないんだ」

「それならお祓《はら》いが先なんじゃ……」

「なんだ、董子ちゃんはお祓いもできるのか!?」

「違います。どうしてそう一足飛びに結論を出そうとするんですか！」

「作家先生の娘だからよ」

呪文の言葉かなにかと間違えているらしく、信也さんは見当違いの信頼を寄せてくる。

「俺も様子見には行ってるんだけど、ちっともよくならなくてよ。病気じゃないからって病院にも行きたがらねえし、このままじゃ卓朗のやつ倒れちまう」

「トーコ」

迷っている私の背中を押すようにハルに名前を呼ばれた。まるで「困っている人を見捨てるなんて人道的じゃないね」とでも言いたげな顔で見つめてくる。いつだったか、イギリス人はボランティア活動が好きだと聞いたことを思い出した。困った人には手を差し伸べる、そうした習慣が彼にもあるのかもしれない。

信也さんに幽霊の目撃情報を尋ね、多目的ツールと化したスマホをメモ帳代わりに書き留め、彼と別れた。

「幽霊の出現場所が偏《かたよ》ってるよね」

ハルの言葉に私はうなずく。基本的には民家のある場所、しかも南側に集中している。幽霊なら人気《ひとけ》のない北側や、街灯が少ないせいで夜中は心細くなるほど暗い田畑に出没しそうなのに、それらの場所には出ていないというのだ。

どんな理由があるのかは知らないが、ずいぶんと自己主張の激しいタイプのようだ。

「少しみんなに話を訊いてみようか」

ハルの提案に否《いな》やはない。

もしも信也さんの言う通り徘徊しているのがかえでさんの幽霊なら、それはとても寂しいことだ。誰の言葉も届かないまま歩き続けるなんて、しかもそれが大好きだった場所ならなおのこと、人々を怯えさせるだけの現状は彼女の望むところではないだろう。

「どうしたら助けられるのかな」

力になりたい。幽霊を捕まえることに興味はないが、人助けなら別だ。

「――意外だ。君はこういったことにはあまりかかわりたがらないのかと思った」

どうやら私は血も涙もない冷血漢だと思われているらしい。

「だって君、他人に合わせるのが得意だろう？　主体は自分以外だ。解決できないかもしれない問題をこの状況で引き受けても君の評価を落とすことになる」

「そ……それは、そうだけど」

私が思っている以上にハルは私を理解していた。そのことに驚いた。完璧であろうと振る舞うほどに、私は私という自己を置き去りにして、他人の望んだ私になっていた。そしていつしか私はその虚像に囚われた。

『すごい』と褒めてくれた〝あの子〟のための自分。

〝運動もできて人当たりもいい優等生の佐々木《ささき》さん〟という私。

今の私はそこから少しはみ出している。

「別に、ただの気まぐれよ」

むすっと返すとハルが笑った。びっくりするくらい透明できれいな笑顔だった。

「そういう君は嫌いじゃないよ」

「な、なによ、急に！　これはただのボランティアよ！　好きでしょボランティア！」

「好き嫌いでやるものじゃないからね。さて、トーコの気が変わらないうちに話を聞いて回ろうか」

まるで私が短気で気まぐれな子どものような言い草だ。だが、情報収集自体は賛成なので、おとなしくしたがうことにした。

昨日、幽霊が消えた家を中心に目撃者を捜していると、猛然と少年が駆けてきた。邑政《むらまさ》先生のお宅の伊木大地だ。遅れて聡実《さとみ》さんの姿もある。

「お前、今度は幽霊捕まえるんだって!?」

語調は質問系なのに、大地くんの目は興奮にキラキラと輝いていた。実にわかりやすい。そして、できればかかわりたくない。

くるりと背中を向けると「あー!!」という叫び声が追いかけてきた。

「ハル、逃げるよ！」

きょとんとするハルの手をつかみ、猫をぴたりと体にくっつけ全力で駆け出す。だが、間もなく捕まってしまった。

「なんで逃げるんだよ！　俺も交ぜろよ!!」

それが嫌だから逃げたのに、大地くんはまったく察してくれない。気づいていたが、空気は〝読んで〟溶け込むものではなく、〝吸って〟体に還元させるタイプなのだ。

言葉で伝えなければならない状況に溜息が出る。

「トーコ、彼は？」

「……大地くん。邑政先生のところの息子さん」

「先生の子どもは聡実と聡実の姉ちゃんで、俺は母親……素子《もとこ》の息子な。お前がハル？　すげー日本語うまいのな」

にかっと笑って大地くんが親指で自分と聡実さんを指さした。

「ありがとう。君たちも幽霊を捕まえに？」

「おー、昨日見つけて追いかけたんだけど見失ったんだよ。なんか足速くてさ。お前らも幽霊捕まえる気なら――」

「競争はしないから」

私が断言すると、大地くんは大げさに舌打ちした。酔狂な彼は本当に競争する気だったようで、見るからにがっかりした表情だ。暇を持てあました高校生は恐ろしかった。

「一応訊くけど、大地くんから見てその幽霊って逃げ足以外はどんな感じだった？」

「どんなって、赤い服着てふらふら〜って歩いてるんだよ。待てこの野郎って追いかけたらぱっと消える、みたいな？　村総出でも捕まえられないってすごくね!?」

どうしよう。思った以上に彼は役に立たない。かえでさんと幽霊を繋げ、このトラブルを解決する手がかりが出てこないかと思ったらまるでだめだった。

「おはよ」

追いついた聡実さんは、胸を押さえて息を整えながら私とハルに声をかけてきた。〝完徹〟と書かれたTシャツを着る大地くんとは対照的に、聡実さんは今日も気合いの入ったこだわりのかわいさで全身を包んでいた。

「おはよう。聡実さんも幽霊見たの？」

「み、見たっ」

答えた聡実さんはなぜだか涙目だ。

「あー、だめだめ。聡実はホラー苦手なんだよ。一緒に行くっつってとめるのも聞かずについてきて、途中で動けなくなったんだ」

「お、置いていったの？」

「んなわけねえだろ」

よかった。女の子を放置して幽霊退治に夢中になったなんて最悪の展開じゃなくて。大地くんが幽霊を見失ったのも、どうやら聡実さんのことがあったからのようだ。そこら辺を強調しないあたりも、彼のさばさばした性格が表れていて意外と好感度が高い。

「二人はかえでさんに会ったことある？」

ハルが尋ねると、大地くんは首を横にふった。

「ない。俺たちが越してきたのは四月で、かえでって人が亡くなったのは去年の七月だったから。一周忌も村総出でやってたけど俺ら関係なかったからなあ……っていうか、お前、本当に日本語めちゃくちゃうまいな!?　なんで!?」

「トーコ、別の人に話を訊こうか」

「あ、わかった！　日本語しかしゃべれないんだろ!?」

ハルがさらりと話題を変えたのに大地くんはすかさず質問を重ねてきた。こうなると答えないわけにはいかないらしく、ハルは渋々と口を開く。

「英語もしゃべれるよ。母国語だから」

「え、アメリカ人？」

「イギリスだよ」

大地くんにとって、身近な英語圏はアメリカなのだろう。どうして米国なのに米語じゃないんだ、なんて不思議に思って調べたことがあるから彼の気持ちはよくわかる。

「誰に話訊くんだ？　みんなわりと同じようなことしか言わないぞ」

大地くんが子犬みたいにちょろちょろとまとわりついてくる。「君たちはもう訊いて回る必要がないんだね」と、わりとストレートに〝帰れ〟と言っているハルに気にした様子もなく、先頭に出た大地くんが元気に歩いていく。

木々の合間、火バサミでゴミを拾う男の人がいた。幽霊の話を訊いたが、捨てられたゴミのほうが気になるらしく「見ていない」とあっさり返ってきた。次に八十代とおぼしきおばあさんを見かけて声をかけたが、「赤かった。祟《たた》りかね」と怯えるばかり。それから行き合った人に同じ質問を繰り返したがこれといった収穫はなかった。このままではなんの成果もなく無駄に時間だけを費やすことになってしまう。内心で焦っていると、松竹梅のおばあちゃんたちが村の西にある小川で涼んでいるところに出くわした。

「おばあちゃん、おはようございます。幽霊のことを聞きたいんですけどいいですか？」

勢い込む私におばあちゃんたちは顔を見合わせた。

「まあこっちに来て、ここに座んなさい。で、はい、これね」

石をポンポン叩いた梅ばあちゃんに半月に切ったスイカを渡される。ずっしり重い。ハルは驚き、大地くんは奇声を発し、聡実さんは目をキラキラさせた。

「今年はスイカのできがいいからねえ。食っても食っても減りゃしねえ」

「俺んとこもだ。もう三食スイカさ。食後のデザートもスイカ」

実に贅沢な会話だ。ひと玉千円台なんて珍しくもない夏の果実を三食だなんて——本人は困っているようだが、羨《うらや》ましい。

「毎日食ったら水腹になっちまうなあ」

「おめ、糖尿《とうにょう》だろ。スイカはひかえねえと」

「なに言ってるんだ、スイカは野菜だろ」

しゃくしゃくと歯ごたえのいいスイカは水分をたっぷりと含み、嚙むほどに甘い果汁がぽたぽたとこぼれ落ちた。喉が潤い、贅沢な甘味が瞬時に細胞に染み渡る。うっとりと赤い果実を頰張った私は、すぐにわれに返った。

「あの、幽霊の話を聞きたくて……!!」

「ああ、幽霊な。昨日も出たってみんなが騒いでるな」

「俺見たぞ。赤い服着てふら～っと歩いて、卓朗んとこでふっと消えちまってな」

竹ばあちゃんも、私たちと同じように卓朗さんの家の辺りで幽霊を見失ったらしい。

「南無阿弥陀仏《なむあみだぶつ》、南無阿弥陀仏。かえでさん心残りだったんだろうなあ」

「まだ若かったのになあ」

おばあちゃんたちがしんみりとスイカを齧る。

「その幽霊、捕まえられそうですか?」

ハルはぺろりとスイカを平らげておばあちゃんたちを見た。果物であってもナイフとフォークで上品に食べるのが英国紳士だろうに、さすがに訪日回数が多いだけあって抵抗はなかったのか豪快にかぶりついたあとでの質問だった。

「ありゃ、捕まえるのか」

「信也さんに頼まれたんです」

ハルの返答に、竹ばあちゃんがもう一つスイカを渡しながら皺深い顔にいっそう深い皺を刻んで軽く息をついた。

「村総出で正体暴こうって気張って無理だったのに、信ちゃんも懲《こ》りないねえ」

「試したんですか？」

驚く私に竹ばあちゃんがうなずいた。

「おうとも。いつだったかね。幽霊騒ぎがはじまって、一週間くらいしたころか。誰かが気持ち悪いって言い出して、山狩りならぬ村狩りさ。懐中電灯持って、幽霊出てこーいって、みんなで捜し回ったんだよ」

「でも、消えちまったんだよ。木々の合間にすうっと」

「それでみんなますます怖がっちまって」

「ほっときゃいいのさ、あんなのはよ。別に悪さするわけじゃねえんだし」

「あっちのほうがあれなのにな」

「そだな。あっちのほうがあれだ」

どっちのほうがなんなのかさっぱりわからないが、おばあちゃんたちにはそれで通じたらしい。ハルは困惑顔で私を見た。

「トーコにはわかる？」

「無理」

親しい人同士の独特の主語のない会話に私が入っていけるわけがない。素直に否定して話をまとめると、幽霊の行動範囲は広く、けれどやはり村の中心部には近づかないという結論に終始した。

「村の真ん中は、かえでさんが倒れた場所だからじゃねえか？」

「ああ、ちょうど十字路のとこだったな。暑い日で、誰も外に出てなかったから気づかれずにそれっきり」

「救急車で運ばれたあとも意識戻らなかったって。もともとがんでかなり弱ってたとはいえ、そりゃあ無念だったろうさ」

急に蟬の声が耳についた。私たちがいるのは川べりで、おばあちゃんたちは湧き水に足を浸して涼を取っている。おおいかぶさるように生える木が陰を作り憩《いこ》いの場となっているが、ひとたび木陰から出ると、日差しはじりじりと肌を焼き、岩はとたんに熱を持つ。遮《さえぎ》るものがなにもない路上で炎天下に倒れれば、たとえ健康な人でも命の危険にさらされるだろう。毎年、熱中症で多くの人が亡くなっているのだ。かえでさんの苦しみや卓朗さんの苦悩を考えると、幽霊の輪郭《りんかく》がますますはっきりとしてくるようだった。

彼女はなにを伝えたかったのだろう。

「スイカ、もう少し切るかい？　ちょっと待ってな」

梅ばあちゃんが、川べりに掘られたくぼみに浮くスイカに向かうのを見て、ハルと大地くんが手伝うために立ち上がった。豪快な大地くんと違い、ハルの所作は今日も優雅だった。手をふって見送る聡実さんとは対照的に、おばあちゃんたちは目の保養とありがたがって拝んでいる。田舎なのにあまり外国の人に抵抗がないのが不思議だった。

「……もう一個、訊いていいですか？」

私は声をひそめる。耳が悪い竹ばあちゃんは「ん？」という顔をして、松ばあちゃんが「ええよ」と気前よくうなずいてくれた。

「八年前に越してきた宇堂さんって覚えてますか？」

「ああ、覚えてるよ。旦那《だんな》さんが日本の人で、奥さんがイギリス人だった夫婦だろ。金髪のきれいな人で、村の男衆が色めき立っててなあ。七十も過ぎたじじいが困ったもんさ」

年寄りは元気だ、ということを再確認するより早く、私は「えっ」と声をあげていた。お母さんと話したとき、息子にばかり気を取られ、いろいろと聞き逃していたらしい。

「あの、それじゃあ子どもは……」

「息子がいたみたいだな。でも、一度も見てねえからなあ。本当にいたかどうか」

「いただろ。落盤に巻き込まれたとかで救急車で運ばれてったじゃねえか」

「そうだったか？　俺は家が傾いちまってそれどころじゃなかったからな。鶏小屋も潰《つぶ》れて何羽も死んじまったからなぁ」

「松さんのとこはひどかったもんな。俺んところも納屋が倒壊して耕運機《こううんき》が壊れたけどよ」

二人の会話から落盤のすさまじさが伝わってくる。

「亡くなった人はいたんですか？」

「宇堂さんの息子だ」

やはりその事実は動かないらしい。松ばあちゃんが続けた。

「両親も救急車で運ばれてよ、……そういえば、そのあと失踪《しっそう》したってみんなが騒いでなかったか？」

「失踪!?」

穏やかな話じゃない。思わず声をあげる私を見て、竹ばあちゃんが松ばあちゃんの肩をたしなめるように軽く叩いた。

「滅多なこと言うもんじゃねえ。あんときは怪我人《けがにん》がぎょうさん出て、しっちゃかめっちゃかだった。宇堂さんまで気の回る人なんて村にゃいなかったさ」

だから確証がない、ということらしい。

「それ、八年前のことですよね？　もう少し詳しく教えてもらえませんか？」

私の懇願におばあちゃんたちは顔を見合わせた。

「菫子ちゃんもいただろ？　八年前の夏」

「え……はい。いました。でも、あんまりよく覚えてなくて」

煮え切らない私に二人が奇妙な顔をする。

「あんなに大きな落盤があったのに覚えてねえのか。すごかったんだぞ。長梅雨《つゆ》でな、地盤がゆるんじまって坑道《こうどう》が崩れたんだ」

「坑道って、あっちの……」

私は反射的に北を指さす。村の北側には坑道がある。廃鉱になって出入り口をコンクリートで固められた古い穴で、私が小さかった頃から完全にふさがれていたはずの場所だ。

「そこじゃねえ。俺たちの足下だ」

松ばあちゃんが地面を指さした。

「俺たちが生まれる前には、水晶や瑪瑙《めのう》が出たんだよ。だから村の人間があちこちに穴を掘って生活の足しにしてたんだ。そんで、お国が石炭《せきたん》掘れって言うんで炭鉱《たんこう》ができた。まあ、景気よく掘ったわりにはそんなに採れなかったみてえだけどな」

「次郎さんところが仕切ってたけど、羽振りのいい大地主《おおじぬし》だったのに、うっかり家が傾きかけたって話だ」

「次郎さんはたいしたもんだ。人手に渡った山を買い戻して林家《りんか》を立派に継いで、村長もして、おまけに学校の先生だもんな！」

「山菜採りも自由にさせてくれっからな。ありがてえこった」

おばあちゃんたちがしみじみと語るけれど、その言葉はちっとも耳に入ってこなかった。

足下に坑道があった。それが、崩れてしまった。家は建て直され、道は均《なら》され、田畑はさまざまな作物を作る過程で平らになった。だが、人の手が届かない、あるいはその必要がない場所は、過去の惨状をそのまま大地に刻みつけているのだ。

私は隆起《りゅうき》した森を見た。何度も足を取られて転びかけた大地の下に、過去にハルが言った通り、ぽっかりと人を呑み込む穴が開いていた。

でも、その穴はもう存在しない。

「苦しかっただろうな、生き埋めになっちまうなんて」

——え？

「宇堂さんの息子さ。村で唯一亡くなった子だ」

竹ばあちゃんの言葉を聞いた瞬間、目の前に赤黒い闇が広がった。あの記憶は、あの湿った土と鉄のにおいは、では——。

手を見ると、指先は赤黒く、爪の中に土がびっしりと詰まっていた。喉の奥に濃い血臭《ちしゅう》がまとわりつく。息が吸えない。突然舞い降りた静寂《せいじゃく》に耳が痛い。

「菫子ちゃん、どうしたの？　顔、真っ青だよ？」

前触れなく聞こえてきた聡実さんの声が脳髄《のうずい》を揺らす。

ゆるゆると顔を上げたが、視界が黒く染まってなにも見えなかった。気分が悪い。胃がひっくり返りそうなほどの吐き気に、私の意識はあっという間に遠退《とおの》いていった。

目を開けると木漏れ日が見えた。

さわさわと枝を揺らした風が頬を撫でていく。濃い土のにおいと緑のにおい。水が流れる音は心地よく、蟬の大合唱も不思議と気にならない。

深く息を吐き出すと、私のまぶたは再びゆるゆると落ちていった。

「もう少し休む？」

聞こえてくるハルの声はささやきに似て、まぶたがますます重くなる。けれど、どうして自分が眠っているのかを考えた直後、ぱっと目が開いた。

「あ、起きちゃったんだ。ごめん、董子ちゃん。うるさかった？」

顔を覗き込んできたのは聡実さんだった。さっきハルの声がしたような――そう思って視線を彷徨《さまよ》わせると、身を乗り出すようにしてハルが顔を出した。

「眠っていてもよかったのに」

懸命にまぶたを持ち上げる私に、ハルは苦笑しているようだった。

「私、どうしたの……？」

「気を失ったみたいだ。もしかして、最近あまり眠れてない？」

「……そういうことはないと思うんだけど」

答えた直後、おばあちゃんたちの言葉がよみがえった。生き埋めになった男の子。八年前の唯一の犠牲者《ぎせい》──それが、もしかして。

混乱しながら体を動かし、頭の下の柔らかな感触に気づく。視線を巡らせるとコットン生地の長い枕だった。触れるとほんのりあたたかい。弾力が気に入ってまさぐっていると、その途中でやっと気づいた。これはハルの太ももだ。

「ひい……!?」

「そんなに驚かなくても……もしかしてトーコは膝枕より腕枕のほうがよかった？」

悲鳴とともに起き上がった私にハルが腕を差し出してきた。からかってくる彼をキッと睨むとにっこりと微笑んで「なにがあったの？」とストレートに訊いてきた。

おばあちゃんたちと話していたとき、近くに聡実さんがいた。ここで適当に誤魔化しても、聡実さん経由でハルに知られてしまうかもしれない。それくらいなら素直に答えたほうがいいと判断し、しかし、警戒だけは怠らず、そろりと距離をとりつつ口を開いた。

「八年前の事故のことを聞いてたら、なんか、気分が悪くなって」

ハルは少し難しい顔になった。

「幽霊と関係ある？」

「……ない」

責められている気分だ。過去のことを思い出せないんだから仕方ないじゃないか、という抗議をしたら、めためたに言い返してくるに違いない。

「優先順位はわかってるよね？」

ハルの質問にうなずくと手が伸びてきて、反射的に肩をすぼめる。けれどその手は、ぽんぽんと私の頭を撫でてきた。

「帰ろう。今の優先順位は休むことだ」

驚く私に「ごめん、調子が悪いことに気づかなかった」と謝罪までしてくる。

「べ、別に、調子は悪くなかったよ？　うん、全然、平気だった！」

どうしてこんなに狼狽《うろた》えなければならないんだろう。見つめられると顔が熱くなる。思わずうつむくと、見事なマイペースを発揮して黒猫を抱いた大地くんが割り込んできた。

「なあ、八年前ってなんだ？」

「大地、空気読《あき》まなさすぎ」

聡実さんが呆れている。なんだか居たたまれない。

「落盤事故があって、怪我人がいっぱい出たってお父さんたちが言ってたでしょ」

「そういえばでかいのあったって言ってたな。時間できたら地質調査したいって、母ちゃん鼻息荒くしてたし。恐竜の骨とかもあるのかな。俺も掘りてえええええ!!」

「あんたが発掘できるならとっくに見つかってるわよ」

聡実さんが興奮する大地くんを「バカなの？」とチクチク刺す。「うるせえ、男のロマンなんだよ！　宝探しとか燃えるだろ！」そう力説する大地くんをかわいらしく睨んだ聡実さんは、私とハルが見ていることに気づくと見る間に赤くなった。愛情がダダ漏れだ。

「菫子ちゃん、大丈夫？」

照れ隠しで前髪をいじりながら聡実さんが尋ねてくる。

「うん。なんともない。ごめんね、びっくりさせちゃって」

「私はいいけど……あ、おばあちゃんたちは畑に行っちゃった。熱中症かもしれないし、一応様子見てあげてくれって頼まれた」

畑と言われて空を見る。黄昏時《たそがれどき》だった。暗くなりはじめる東の空以上に山陰に呑み込まれる速度が早く、見る間に闇が広がっていく。夜が来る。赤い幽霊が徘徊する深淵《しんえん》が。

「トーコ、家に戻ろう」

「仕切り直しだな！　何時に集合する!?」

「……僕は君を誘った記憶がないのだけど」

全力で食いついてくる大地くんにハルは渋面だった。本当に迷惑しているらしい。遠回しにやんわり〝来るな〟と告げているのに、大地くんには相変わらずまるで通じない。斜め後ろで聡実さんが〝ごめんね〟と両手を合わせて謝罪のポーズを取っている。

英国紳士は女の子の期待を裏切るのは苦手であるらしい。

「八時半に、僕の家に。口裏は合わせよう。花火をするってことでいい？」

最後には見事な笑顔でハルがそう提案した。

「了解、花火な！　聡実、帰ろうぜ！」

「ほ、本当に行く気？　大地が行ったら足手まといになんじゃない？」

「は！　俺様を見くびるなよ！　っていうか、お前は留守番な」

「なんで大地が行くのに私が家にいなきゃいけないのよ!?」

「呪われるぞ〜」

「バカ大地！　死ね!!」

振り上げた聡実さんの拳《こぶし》を、大地くんが笑いながら受けている。避けないところが意味深だ。

「彼らの愛情表現は過激だね」

そしてどうやらハルにもバレバレのようだ。

「さあ、僕たちも帰ろうか」

にっこりと微笑んで差し出された手に、私はむうっと口を引き結ぶ。ハルの感情はさっぱりつかめない。私のことを否定しているのに、なにかにつけ手を貸してくれるのは紳士の国の人だと納得はできるのだが——それでも、少し行きすぎている気がする。

「ハルはもう少し素直になったほうがいいと思う」

ぼそりと告げると、ハルは軽く肩をすくめた。

「それは僕の流儀じゃない」


夜、体調の戻った私は、線香花火をするために大地くんたちとハルの家に向かった。

もちろん言い訳だ。でもハルは有言実行で、伊木大地も同じタイプだった。

「はあ!?　線香花火なんてしょぼいもんやれるかよ！　男はロケット花火と爆竹だろ!?」

ご丁寧にロケット花火を十本さして一気に火をつけた。爆竹なんて腹に巻きつけ聡実さんに怒られていた。どうやらただのアホの子だったみたいだ。

「線香花火が至上なのに」

ハルはちまちまと手元で咲く火の花を愛《め》でている。

「ご、ごめんね、アレな子で」

気持ち悪い動きをするへビ玉をぬるい笑みで眺めていると聡実さんに謝罪された。口実の花火だったのに、どうしてみんなちゃんと花火セットを持っているのか謎でならない。

へビ玉が活動停止に陥《おちい》ったあと、聡実さんは打ち上げ花火を両手に持って着火しようと息巻く大地くんに気づき、悲鳴をあげながら止めにいった。

私はじっと闇を見つめる。その向こうになにかがいるような気配がある。やがて闇に赤黒いものが混じり出す。湿った土と鉄のにおい――。

「トーコ、やっぱり家で休んでる？」

ハルに顔を覗き込まれ、私は目を瞬いた。気味の悪い闇がちりぢりになるのを見て目を伏せて、短く息を吐き出し「大丈夫」と返してから言葉を続けた。

「ハルは知ってる？　八年前の落盤で男の子が亡くなったこと」

ハルの表情がわずかに変わった。ああ、やっぱり知ってるんだ。隠しきれなかった動揺を彼の顔から読み取ってそう確信する。

「亡くなったのは宇堂さんの息子さん。それは、ハルじゃないよね？」

「……君はそれを思い出したの？」

「お……思い出したわけじゃ、ないけど」

「そっか」

複雑な表情だった。思い出していないことを責められるかと警戒した私は、ハルの反応に戸惑い、すぐに自分が質問する側に立っているのを思い出した。

「ハルはいったい何者なの？」

「……もう少し素直に君が嫌いになれたらよかったのになあ」

どういう意味だろう。意図が読めず反応できない私を見てハルが溜息をついた。

「トーコは覚えてる？　〝すごいね、トーコ。トーコはなんでもできる〟。君はきれいな石や、見たことのない花、木の実を僕のために持ってきてくれた。窓越しに会う僕たちは、まるでロミオとジュリエットのようだった」

「……ど、して、そのこと……？」

それは〝あの子〟しか知らない秘密だ。こっそりと会い、こっそりと言葉を交わす。今の自分を構成するすべて――愕然とする私に、ハルは微笑んだ。

「僕たちは矛盾をかかえながら生きている。君は、ハルが死んだ未来とハルが生きる未来、どちらを望んでいた？」

だめだ。ハルの言っている意味がわからない。それじゃまるで、私が彼の死を望んでいたみたいに聞こえてしまう。

「そうだよ。君が選んだ。君だったら助けられたかもしれないのに。この未来を、君だけが変える可能性を持っていたはずなのに」

「ど……」

「にゃあん」

どういう意味か尋ねるため口を開くと、遮るように猫の鳴き声がした。闇の中に青い炎がゆらりと動く。

「使い魔が邪魔をしに来た。魔女のにおいがぷんぷんするな」

ハルが顔をしかめると、森の中から黒猫が現れた。

「この話はここまでだ。魔女に聞かれると厄介《やっかい》だから」

「――ハルも魔女なんでしょ？」

なのに、なにかをとても警戒している。ハルは〝摂理の内側にいる魔女〟だと自分のことを表現していた。そんな彼が警戒せざるをえないモノがいるらしい。

「来てるのは、原始の魔女？」

言葉にしたとたん、すべてをなぎ払うほどの強い風が吹き、驚いた黒猫が私の腕の中に飛び込んできた。全身をこわばらせ、青い目だけをきょろきょろと動かしている。

「わざわざ呼び寄せてどうするんだ、君は！」

ハルは庇《かば》うように私を抱きしめ声を荒らげた。私は固まり、花火に夢中になっていた大地くんと聡実さんも強風にしゃがみ込んでいた。

「うおおお、びっくりした！　なんだよ急に！」

「今日は中止にしよう。日を改めて……」

大地くんたちに声をかけていたハルは、はっと息を呑んでライトをつかんだ。彼の視線の先をたどると、遠く闇の中、赤いものが揺らめいているのが見えた。

「待て！　おま……っ」

駆け出す直前の大地くんを青ざめた聡実さんがとっさに押さえつける。闇雲に追いかけたら逃げられるだけ――聡実さん、ファインプレーだ。ハルが緊張気味に幽霊を追いかけ、私もそのあとを追った。少し遅れて聡実さんに引きずられるように大地くんが続く。

ざわめく森を見渡し、不安を覚えながらもハルにこっそり声をかける。

「まだ近くにいるの？」

主語を抜いたらきょとんとされてしまった。本気でわかっていない顔だ。〝原始の魔女〟なんて口にしてまた気味の悪い体験をするのはいやなので、私はぐっと唇を噛んだ。エスコートするときは私の行動を読んでいるかのように積極的なのに、どうしてこう中途半端に察しが悪いのだろう。ついついしょっぱい顔になってしまう。

「トーコ、危ない」

またしても木の根に足を取られた私は、ハルに助けられて赤くなった。

「今はエアバッグがいないから気をつけないとね」

黒猫を残してきたことを言っているらしい。連れてくれれば文句を言うのに、いなくても微妙に絡まれるのはなぜなのだろう。

「ハルが私のエアバッグになればいいでしょ」

「……まあ、どうしてもって言うのなら」

ふて腐れた私に両手を広げてきた。よゆうのあるハルの様子から、もう魔女は近くにいないのだと判断し、内心でほっとしつつ彼を睨んだ。

「お前ら仲いいなあ。つきあってるの？」

私たちを追い抜いた大地くんが振り向きざまにとんでもないことを言ってきた。

「つきあってない」

「今まで聞いた中で一番面白い冗談だね」

「ほら、気が合うだろ」

反発する私と胡散《うさん》臭い笑顔で答えるハルを見て大地くんが胸を張る。暗すぎて状況がよく理解できていないに違いない、私はそう思うことにした。とにかく今は幽霊に集中だ。

「ハル、ちゃんと捕まえられそう？」

恐る恐る尋ねる私にハルは肩をすくめた。

「前にも言ったけど、幽霊は捕まえられないよ。だからロマンなんだ」

「私、そこにロマン求めてない」

「トーコは夢がないね」

「俺は求めてるぞ。わくわくする！」

「私は求めてない、董子ちゃんと一緒で全然求めてないから！」

どうやら大地くんとは相容れないが、聡実さんとは仲良くなれそうだ。

ハルは黙るように指示し、木々に隠れながら立ち止まった幽霊に近づいていく。

人の姿をしたそれは、赤い服に身を包み、だらりと両手を垂れ下げゆらゆら揺れていた。

長い黒髪で隠された顔から真っ赤な唇が見えた。白い肌はぬらぬらとし、その異様な雰囲気に怖気《おぞけ》を震って口を開いた。直後、悲鳴をあげそうになる口をハルが素早くふさいだ。

「……あれ幽霊か？」

大地くんが小声でつぶやく。ハルが小さく笑うのが、密着した布越しに伝わってきた。

「日本の幽霊は足がなかったんだっけ？　イギリスの幽霊には足があるんだよ」

声も体に直接伝わってくる。真っ赤になった私は、ぎゅっと体をすぼめてから肘《ひじ》をハルの腹に叩き込んだ。耳元で「ううっ」とうめき声がしてハルが離れる。

「あ、あれって」

「うん。まああらかた予想通りだよね」

羞恥《しゅうち》に言葉を詰まらせる私に、お腹をさすりながらハルがウインクしてきた。

私は一つ息をして、真正面、村の人たちが追っていた〝幽霊〟を見た。

幽霊の正体は予想外のものだった。いや、まったく予想しなかったと言えば嘘になるが、私にはちょっと衝撃だった。

昨日は気づかなかったが、月光を頼りに見る幽霊は女性とはかけ離れていた。すぼめていても違和感が消しきれない広い肩にどっしりとした腰回り、ぼさぼさの髪で顔は見えないが、ガニ股《また》でよろよろ歩く姿は幽霊らしい独特の気味の悪さなどない。

「で、どうするんだ？」

大地くんの質問にハルがにやりと笑った。まるで「そんなこともわからないの？」と言いたげな、いたずらっ子みたいな表情で一歩前に出て、大きく息を吸い込む。

「見つけたぞ、幽霊！」

ハルが叫んでライトをつけると、幽霊がすっと視界から消えた。「あれ、どこ行った？」わざとらしく続けたハルは、大地くんに目配せして歩き出す。

「こっちに行ったんじゃねえか？」

「あっちだ！　ほら、今動いた！　待てー!!」

まるで見当違いな方角に二人が歩いていく。私は木の陰に隠れじっと様子をうかがった。

息を殺して待つこと五分、静寂に包まれた森に鈴虫の鳴き声が戻ってくる。緊張した聡実さんが、ぎゅっと私の腕にしがみついてきた。

おかしい。すぐに動きがあると思ったのになんの変化もない。どこかでミスしてしまったのだろうか。不安を覚えながらも聡実さんの肩をさすって息を殺す。

やがて、風もないのに草が大きく揺れた。

息を呑み、目をこらす。

草のあいだから黒い塊がひょこりと出てきた。人だ。長髪ではなく、ぼさぼさの短髪だ。着ている服は灰色のシャツに灰色のパンツ。〝幽霊〟は体を丸め、そっと歩き出した。

私は深呼吸して力を抜いた。

こんな生活をしていちゃだめだ。夜の隙間《すきま》を縫って歩いていたら、きっと光の色さえわからなくなる。

「待ってください」

びくりと〝幽霊〟が立ち止まる。ゆっくりと振り向くその顔は、昨日見たときよりもさらにいっそう青白かった。

「卓朗さん」

一年前に妻を亡くした彼は、薄闇の中、私を見るなり驚きに目を見開いた。逃げようと駆け出すその腕を、隠れて様子をうかがっていたハルと大地くんががっちりつかむ。卓朗さんは絶望に顔をゆがめながら二人を振り払おうと体を大きくねじった。だが、足場が悪かったのかバランスを崩し、その場に座り込んでしまった。

「話を聞かせてください」

「話？　なんの？」

「幽霊の話です」

ハルが断言すると、卓朗さんはぐっと唇を嚙んでからハルを睨んだ。

「見てない」

どうやら知らぬ存ぜぬでやりすごすつもりらしい。

「卓朗さん、姿勢がずいぶん悪いですね。それだといろんなところが痛くなりませんか。腰とか、頭とか――お腹とか」

私の言葉に卓朗さんの肩がかすかに揺れた。ハルと大地くんは視線を交わし、小さくうなずき合うと卓朗さんのシャツを無造作にめくり上げた。卓朗さんが「あっ」と弱々しく声をあげ、慌てて両手をお腹に回した。でも、もう遅かった。

草の上に赤い布と黒い塊が落ちた。

さっき、卓朗さんが身につけていたものだった。

言い訳なんてできるはずがない。

幽霊の正体はとても単純で、とても悲しいものだった。

誰かに見られたら困る、そんな口実で、私たちは卓朗さんの家に押しかけた。

とはいえ、やけに静かだった聡実さんは卓朗さんが姿を現したときに恐怖のあまり気を失っていたので、大地くんが玄関まで運んで寝かせておくことになったのだけれど。

薄暗い玄関から見ただけではわからなかったが、中は想像以上に荒れていた。ゴミ袋が積まれた玄関では靴を脱ぐのも困難、それどころか廊下が汚すぎて靴は履かざるを得なかった。台所には冷凍食品やお弁当のプラゴミ、紙くず、汚れたタオルが入り交じり、流し台にはカップ麺の容器と使い終わった箸が積んであった。袋に入ったままのパンはカビ、近所の人が届けてくれたのだろうたくさんの野菜は溶けて異臭を放つ。ゴミは山積みになってあらゆる部屋を圧迫し、シャツやズボンはくしゃくしゃに丸められてゴミにまみれていた。ペットボトルや空き缶も多い。閉め切った部屋は蒸れ、強烈な悪臭を放っていた。しかも、ゴミの中でなにか動いているのだ。

ただ仏壇の前だけはきれいに片づけられていた。花瓶《かびん》には小ぶりなひまわりがいけられ、遺影の中のかえでさんも、ひまわりと青空に包まれて幸せそうに笑っていた。

「赤い服は卓朗さんのものですよね？」

ハルが確認する。女性と男性ではそもそも体格が違う。肩幅も、体の厚みも、腰の位置だって違う。とくに靴なんて、女性のものを男性が履くのは困難だろう。けれど卓朗さんが履いていたのはローヒールながらもデザインは完全に女性のそれだった。

よく見れば卓朗さんはうっすらと化粧もしていた。

女装癖。

しかし、なぜこのタイミングで、という疑問がある。もしもかえでさんが生きていた頃にその性癖があったなら、今、急に幽霊騒動に発展するはずがない。

「一周忌で、かえでさんのことを思い出したんですか？」

それとも時間とともにみんなに忘れられるのがいやだったのか。

「そんな単純なものじゃないよ」

ハルは私の言葉を否定しながら窓を開けた。冷たい風がよどんだ空気を押し流す。私は一つ息をつき、「よしっ」とうなずいた。

「とりあえず掃除しよう。話はあと！」

押し黙ったままうつむく卓朗さんから視線をはずし、ゴミの中に手を突っ込んでゴミ袋を発掘した。

「ほら、ハルと大地くんも！」

声をかけるとハルは驚いたように目を丸くしてから肩をすくめ、大地くんは「俺も!?」と素っ頓狂な声をあげた。

「ここまでついてきたんだからやりなさい」

「へいへーい」

「ゴミの分別からはじめるんだよね？　これはいい運動になりそうだ」

ハルはまず流し台に着手した。腐ったものをゴミ袋に次々と入れていき、プラゴミを洗って水を切る。空き缶やペットボトルも軽くゆすいで水を切り、潰して袋に押し込んだ。実に手際がいい。大地くんはぎゃーぎゃー騒ぎながら床に散乱しているゴミをつまんでいる。私は洗濯物を集めて色別にし、洗濯機に突っ込んだ。夜の洗濯なんて、マンションのときには周りを気にしてできなかったことだ。

この家は、どんな感じだったのだろう。

二年前、かえでさんが生きていた頃のこの家は、どんな感じだったのだろう。

床が見える。染みが残っていても普通に歩けることに胸を撫で下ろして息をついていると、足下を黒いモノがさっと走り抜けた。

「きゃ……っ」

足を引くとなにか踏んだ。別のところに足を下ろそうとしたらゴミがまだ山になっていてバランスを崩した。こんなところに倒れたら悲劇だ。だけど体を立て直せない。とっさに目をつぶると、体がふわりと柔らかいものに包まれた。

目を開けると広い胸があった。どうやらまたしてもハルに助けられたらしい。紳士というより王子様だ。間近に迫ってきた彼の顔が安堵《あんど》にほっとゆるむ。

「君は転ぶのが趣味なの？」

そして、爽《さわ》やかな笑顔とともに吐き出される毒。

「ち、が……!!　虫がいたの！　足のいっぱいあるやつ！」

「嚙みつかないよ」

そういう問題じゃない。だけど当然のように断言されると、騒いでいるのが急に恥ずかしくなる。私は彼の腕から逃れると、憤怒《ふんぬ》とともに片っ端からゴミを袋に詰めた。

「んだよ、やっぱり仲いいじゃねえか」

「よくない！」

「僕はトーコのエアバッグ候補だから奉仕させてもらってるんだよ」

「ハル！」

「お前らサボってないでちゃちゃっと手を動かせよー」

「大地くんが一番なにもやってないでしょ⁉」

思わず勢いで言い返し、私はコホンと咳《せき》払いする。

「ん、な……なにこの汚家《おうち》⁉　きゃああ、虫！　なんか黒いのいたあああぁ！」

どうやら聡実さんが起きたらしい。大地くんがぎょっと目を剝いて廊下に飛び出し、涙目の聡実さんを支えつつ戻ってきた。

「大地、聡実、掃除しないと帰さないから覚悟してね」

「はあ⁉」

「やるぞ、聡実！　こいつの目はマジだ！」

そうしてハルの最上級の笑顔（と脅《おど》し）のもと四人で掃除することになった。掃除機をかけられるのはいつになるだろう、なんて、積もりに積もった埃を見てめまいを覚える。

気づくと、ぼんやりと部屋を見ていた卓朗さんも一緒になって部屋を掃除していた。

ぼろぼろと泣きながら。

「かえでと出会ったのは、十年以上前なんだ」

嗚咽《おえつ》とともに、卓朗さんは過去を吐き出した。

「そのとき俺、女装してて」

――ヘビーだ。卓朗さんは百八十センチ近い長身で、スポーツマンのようながっちりした体格だ。カツラをかぶっても、化粧をしても、違和感はぬぐえない。

大地くんは「ええ？」と困惑し、聡実さんは反応に困っていた。

「会社に言いふらされるんじゃないかって毎日怯えてた。でもあいつは誰にも言わずに、一人じゃ不自然だからって俺につきあってくれたんだ。化粧の仕方も、服の選び方も、全部あいつに教えてもらった。俺にはあいつだけだったんだ」

かえでさんは卓朗さんにとってのすべてだった。結婚してからもその関係は続き、けれどあるとき、その生活が大きく変わるできごとが起こった。彼の趣味が会社に知れ渡ってしまったのだ。そして彼は奇異の目にさらされることになる。このままでは自分と結婚したかえでさんまで奇異の目で見られる。だから別れを切り出した。それなのに彼女の態度は変わらなかった。

そんなある日、彼女は「二人で静かなところに引っ越したい」と言い出した。

後ろ指をさされる日々に疲れ果てていた卓朗さんは彼女のわがままを受け入れた。そのとき卓朗さんは、かえでさんもその生活に疲れたのだと考えたらしい。

かえでさんは迷うことなく卓朗さんの故郷を転居先に選んだ。

村は狭かったので女装の趣味は家の中だけにとどめられ、それでも以前と同じように平穏な毎日を送っていた。

「幸せだったんだ。すごくすごく、幸せだった」

　卓朗さんの声が震えながら小さく続いた。

「ダイエットをはじめたって言ったかえでの痩せ方が、異常だって気づくまでは」

　ぼたぼたと涙がこぼれ落ちる。

「かえでにはいやな思いをさせた。俺の趣味のせいで会社までやめて、こんな田舎に越すことになって――病気にまで、なって」

「病気は以前からです。女装とは関係ありません」

　私はとっさにそう告げていた。悪性腫瘍《しゅよう》は、ストレスで免疫力が低下して罹患《りかん》したり悪化したりすることもあると聞いたが、それでもその病気は、数年前から少しずつ彼女の体を蝕《むしば》んでいたと考えるのが自然だ。

　卓朗さんはのろのろとうなずいた。

「そうだよ。でも、あいつにはずっと無理をさせてた。調子が悪いことにも気づいてやれなかった。もっと早くわかってたら治療だって早めにはじめられたんだ。それなのに、気づけなかった。そばにいたのに、誰よりも見ていたはずなのに」

　言葉は呪いのようだった。自分を縛り、未来を閉ざすための鎖のようだった。

「田舎に越して、誰も知らない土地でかえでに寂しい思いまでさせて」

「違います。かえでさんはここに来て、寂しくなんてありませんでした」

強く否定する私に卓朗さんが苦々しく笑う。

「あいつは誰とでも打ち解けるのがうまいから」

「――この村に引っ越したのは、会社をやめたからでも、行く場所がなかったからでもなかったと思いますよ」

もどかしく言葉を探しているとハルが割って入ってきた。心強い賛同の声に、私は大きくうなずいた。

「そ、そう！　私もそう思います！　かえでさんは、卓朗さんが生まれた場所で一緒に生きたかったからここに越してきたんだと思います。最期の時間を大切にしたいって気持ちは、たぶん心の片隅にずっとあって」

きっと越してきたときも、体が辛かったのだと思う。引っ越してきた当時はふくよかだったと信也さんが言っていたが、抗がん剤で体がむくみ、そのせいで太って見えていた可能性がある。辛い治療ではなかなか成果が得られず、彼女は残された時間をどう生きるかを考えた。そして、彼女なりの結論を出し、夫である卓朗さんの故郷にやってきた。

周りに溶け込もうと懸命だった彼女の姿は、信也さんの言葉からも伝わってきた。

「かえでさんは、ここで卓朗さんがちゃんと生きていけるか、それを自分の目で確認したかったんだと思います」

「……なんで、そんな……」

「卓朗さんが大好きだったから」

断言する私に卓朗さんが顔を上げた。

「大好きだったんです。卓朗さんのために自分の残りの時間を全部使っても構わないくらいに、好きで、好きで、たまらなかったんです」

病気であることを隠し、彼女は彼のために古石川村に馴染もうとした。村の人と卓朗さんのあいだの架け橋になろうとした。

大好きな人のために、懸命に生きたのだ。

もちろんすべて憶測だ。かえでさん本人に直接真相を聞くことはできない。だったら私がとるべき行動は一つ――言葉を呪いにしないように、未来を歩くための道標《みちしるべ》に変えるために、みんなから聞いた〝古石川かえで〟を彼に伝えるだけだ。

卓朗さんは震える手で赤い服をつかんだ。

すっかり汚れたその服に、涙がゆっくり広がっていく。

「これ、かえでからの、最後の贈り物だったんだ。ずっと開ける気になれずにしまってあって、一周忌でそのことを思い出して……」

最後のプレゼントが赤い服。卓朗さんを見つめ続けてきた彼女が選んだのなら、それは彼が闇の中を歩くために贈ったものではないはずだ。

「卓朗さん、その服も洗いましょう」

きっと、誰よりも明るい場所を歩いていくための一着。

「そうだね。きれいにしよう。家も、服も。……庭を、一度きちんと見てあげてください」

ぽんっと私の肩を叩いたハルが告げた言葉に、卓朗さんが涙をぬぐう。

「庭？」

「手入れすると花が咲きますよ。あなたが愛した人が、あなたのために残した花です。庭いっぱいに、思い出があふれる景色を見たいと思いませんか」

微笑むハルに卓朗さんは息を呑む。なにかを思うように目を細め、「見たい」と、彼はかすれた声で答え、くしゃくしゃと顔をゆがめて笑った。

4

幽霊騒動の解決は村をざわつかせた。

テレビの中で面白おかしくネタにされてしまいがちな女装癖は、実際身近にいると、想像以上のインパクトを持っていた。

あからさまに不快感を示す人はいなくても、こそこそと噂する人はいる。小さな村は誰もが顔見知りなせいで、好奇の目を向けられても逃げ込める場所がない。

だから私は信也さんにこう告げた。

「赤い服はかえでさんが最後に贈ってくれたものだそうです」

笑話《しょうわ》を悲話に、醜聞《しゅうぶん》を美談に。

人のいい、そして、すっかり私を信頼してくれている信也さんは、私の言葉を限りなく前向きに受け取り、村中に広めてくれた。

「卓朗の話聞いたか？　かえでさんの形見の服なんだってよ、あの赤いやつ。恋女房に先立たれたんだもんなあ、寂しかっただろうな。俺たちもっとあいつの話聞いてやらなきゃいけなかったんだよな」

かえでさんは村の人たちとてても親しくつきあっていた。彼女に対する好意が、今は彼女の夫を守っている。

「一番はじめに信也さんに話すっていう選択は悪くなかったね」

ハルがそう褒めてくれた。

「と、当然よ。信也さんは卓朗さんを呼び捨てにするほど親しくて、かえでさんにも好意的だったでしょ」

しかもわりと噂好きだ。情報を提供してくれる彼は情報を集め、広めるのもまたうまい。

「信也さんなら、絶対に悪いようにはしない」

「卵泥棒と間違われたのに？」

「た、確かに信也さんはちょっと早とちりなところがあるけど」

ぐぬっと押し黙る。あれから卓朗さんは、ときどき松竹梅のおばあちゃんに誘われてお茶を飲んでいるらしい。しかも卓朗さんの女装姿を喜んで、一緒にめかし込んで悦に入っているという話だ。あの歳《とし》になると男も女もさほど違いはないようだった。

「トーコはこれからどうするの？」

ハルはペンキ片手に尋ねてきた。幽霊騒動が収束したあと、私は〝宇堂さん〟のことをハルには内緒で調べていた。しかし、八年前の梅雨の終わりに佐々木貴志《たかし》——つまり私のお父さんに誘われ古石川村に来たということ、越してきた理由は体の弱い息子のため、引っ越し前はイギリスにいたこと、それ以前にも引っ越しを繰り返していたこと、そして、八年前のあの夏に息子が死に、宇堂夫婦の行方が今も知れないということがわかった程度だ。失踪した宇堂夫婦がハルの叔母夫婦と仮定すると〝あの子〟はハルのいとこということになる。そうなると、私とあの子の秘密をなぜハルが知っているのかという謎が残る。

八歳の頃から来日していたなら、やはり彼が〝あの子〟なのか。

西のはずれにある一軒家に来たのは、謎を解く鍵がないか期待したからだ。だが、鍵の代わりにハルに会ってしまい、こうして世間話をしてお茶を濁《にご》している。

ハルの口をこじ開けるには、完全に逃げ道をふさぎ、彼が答えざるを得ない状況を作ってから質問しなければならない。そうでなければまたうやむやにされてしまう。

「私は散歩。勉強の息抜きで歩いてるの」

ちっともやる気が出ず、息抜きをしている場合ではない。われながら苦しい言い訳だったが「じゃあ」と、手をふって西のはずれの一軒家から足早に離れた。

「あと、行くべき場所は……」

うろうろ歩き回っていると、草をかき分けて黒猫がやってきた。かわいいことに抱き上げるとぴたりと寄り添ってきた。

「本当に使い魔なの？」

青い目を覗き込みながら尋ねるが、もちろん返事はない。

溜息をついて木漏れ日を見上げる。私の目は自然と南側——崩れた崖に向かっていた。足下にあった坑道は、水晶や瑪瑙を採掘するために掘られたものだとおばあちゃんたちが教えてくれた。それなら私の記憶とも合致する。私はそれらを拾い集め、大好きなあの子にあげるために西のはずれに建つ家に通った。頻繁に通っていたのだから、そこまでの道のりは子どもの足でも十分に通えたものとみて間違いない。

視界をふさぐ木を疎《うと》ましく思いながら先を急ぎ、やがて崖にたどり着いた。

「え……？」

崖の一部が崩れ、丸太を添えて作られた簡易階段が土砂《どしゃ》に呑み込まれていた。長いあいだ足を踏み入れた者がいないことを示すように、土砂は青々とした草におおわれ森の一部になっている。足場が悪すぎてとても崖下に行けそうにない。

「安全に下りるには東から回るしかないか」

村の東には、蛇行《だこう》してはいるが車道が整備されている。思案していると視線を感じ、反射的に振り返った。だが、誰もいない。木々が揺れ、薄闇が踊る。葉擦れの音が女の人の話し声みたいで耳障《みみざわ》りだった。それは驚きに裏返る甲高《かんだか》い声であり、怒りに震える声であり、軽蔑《けいべつ》を示す冷ややかな声であり、悲しみに暮れるか細い声であり、興奮に弾む声であり、抑えきれない嘆きの声であり、這い上がる絶望の声だった。重なる声。女の声。頭の奥をかき混ぜるような、人を混乱させずにはいられない声。

「だ……誰か、いるの？」

人の気配がする。それなのに姿が見えない。異常な空気だけが密になり、ごく当たり前の景色を異質なものへと塗り替えていく。

木々が作る闇が迫ってくる。

「隠れてないで出てきなさいよ！」

総毛立つ。沈黙に耐えきれずに叫んだ瞬間、なにかに肩を押された。それは空気の塊のように見えた。

「あ……っ」

体が傾く。私は反射的に黒猫を投げた。くるんとしっぽをお腹につけた黒猫が空中で一回転し、難なく崖の上に着地した。猫は無事だ。安堵の息をついていると腕になにかが絡んできた。私の体を押したものと同じ感触――目に見えない空気の層だ。

異常事態に頭が働かず、私はとっさに〝それ〟をつかもうとした。でもつかめなかった。相手が私に触れられても、私が相手に触れることは、残念ながらできないようだった。

本当に恐ろしいときには、案外と声が出ないものらしい。

空中に投げ出された私は、遠ざかる空を言葉もなく見つめていた。


「……っ……」

どうやら気を失っていたらしい。

どれだけ時間がたったのか、空気が湿気を含み、じっとりと肌にまとわりついてきた。ぼんやりと辺りを見回し、崖から落ちた土の塊が岩にぶつかり粉々に砕けるのを見て慌てて起き上がる。そこで奇妙なことに気づいた。崖から落ちたはずなのに傷一つない。

私は腕をさする。

「助けてくれた？」

目に見えないなにかがそばにいた。助かったと喜ぶにはあまりにも不自然な状況に戸惑って〝それ〟を捜すと、視界に洞窟が飛び込んできた。

「……ここ……？」

記憶にひっかかるものがあった。でも、記憶の中にある洞窟は木々と草に隠されひっそりとし、よく探さなければ見逃してしまいそうなものだったのに対し、眼前の洞窟は、周りにある木が切り倒され不自然なくらいに拓《ひら》けていた。洞窟の様子もだいぶ違う。木で造られた枠組みはなく、土の壁が露出し、しかもそのサイズは木枠の穴以上に縦にも横にも大きかった。

洞窟の中に得体の知れないなにかがひそんでいる。そんな不気味さがじわりと広がる。

ポケットからスマホを取り出し穴の奥を照らした。土壁が深くえぐれ、ところどころ崩れていた。緊張と動揺に早くなる鼓動を鎮《しず》めるため何度も深呼吸し、スマホを高くかかげる。

そして、私は大きく目を見開いた。

「え……？」

穴は、なかった。

そこは崩れてふさがり、三メートルも進めない状況だった。わざわざコンクリートでふさぐまでもない坑道跡だ。怯えていた自分が滑稽《こっけい》に思えるくらい変哲のない穴だ。

「だったらこの記憶はなんなの？」

本当に、笑ってしまうほどなにもない場所。それはわかる。わかっているのにさっきから手の震えが収まらない。ここだ、と私の本能が告げている。赤黒い闇の記憶。湿った土のにおいと鉄のにおい。

ふいに坑道の奥から物音がした。

この奥だ。この奥に──。

「誰かいるの？」

いるはずがない。それなのに問いかけずにはいられなかった。

闇の中からカリカリとなにかをひっかくような音がする。目をこらすと、音は、洞窟の奥──土砂から聞こえてきていた。

闇の中に白いものが浮かび上がる。

一歩近づく。木の枝かと思った。もう一歩近づく。石膏《せっこう》なのではないかと考え直す。そしてもう一歩近づいた私は、それが細く華奢《きゃしゃ》な子どもの腕であることに気がついた。

驚きに足を引き、石を踏んでよろめいた。そのまま尻餅をついた私は、土の湿った感触に視線を落とす。でも、暗くてよく見えない。転んだ拍子に落としてしまったスマホをつかみ、自分の手のひらを照らす。するとそこは赤く濡れていた。

「これ、血……？」

赤い液体は思った以上にさらさらで、少しだけあたたかかった。私はライトで地面を照らし、ゆっくりとそれをたどっていった。行き着いたのは土から伸びたあの腕だった。

小さな手は私に向けて伸ばされている。まるで、私を土の中に引きずり込もうとするかのように。

無意識に、その手に「ハル」と呼びかけていた。

「ハル、ねえ、返事をして」

怖々《こわごわ》と触れた腕はまだあたたかかった。私は驚き、そして、慌てた。恐怖が一瞬で焦りに変わる。早く掘り起こさないと、この闇から助け出さないと、ハルが抜け出せなくなってしまう。

「ハル」

石を押しのけ、土を払う。でも、掘っても掘ってもハルの体は出てこない。なぜ、そう思った私は、自分の手が自分の思っている以上に小さいことに気がついた。まるで子どもの手だ。小さな手ではつかめる土の量も、持つことができる石も限られていた。

「待ってて、すぐに出してあげるから」

私は必死だった。がむしゃらに土を掻いた。しばらくすると肩が見え、労力が報われた気がして少し嬉しくなった。

「もう少しだよ」

体全体が埋まっているのに、ハルがすぐにでも助け出せると信じて疑わなかった。

「ハル」

闇色に染まった頭が見え、私はほっと息をついた。その形が、いびつにひしゃげている事実に気づくまでは。

卵形の顔は見たことがない形に押し潰され、ゆがみ、明らかな異常を伝えてきた。

「ハル、ハル、どうしたの？　ねえ、ハル、返事をして」

状況はわかっていた。でも心が追いつかなかった。私の大好きなあの子は、私の知らない形になっている——それが受け入れられなかった。

「ハル！」

両腕を振り回すようにしてがむしゃらに土を掘る。闇の中から連れ出せば、ハルがもう一度目を開けて、私をまっすぐ見つめて微笑んでくれると、そう信じて。

「ハル！」

「トーコ！」

泣き叫ぶ私の腕を、背後からなにかがつかんだ。間近に青い目がある。あの子と同じ、深く穏やかな海の色。

よかった、ここにいた。

私が大好きだったあの子は、土に押し潰されてはいなかった。

安堵した瞬間、全身から力が抜けた。

第四章

魔女たちの饗宴

1

息を吸い込むと柑橘《かんきつ》系の爽《さわ》やかでほのかに甘い香りがした。

〈玄関にアイビーがあったわ。ひどい。ひどい。あんまりだわ〉

しくしくと女が泣く声がした。降りしきる雨のように湿っぽい声の主は、驚くほど顔色の悪い女に違いない。

〈あんなのただのおまじないよ！　もー、本当にかわいいんだからあ。うふふ〉

楽しげに弾む声もする。明るく活発なイメージが湧いた。

〈お前が驚いて押したのが悪いのよ！　本当になんて軽率な子なのかしら。いい加減に落ち着いたらどうなの⁉〉

憤慨《ふんがい》する女は、気が強くて傲慢《ごうまん》な年長者みたいな声だった。

〈だって、びっくりしたのよ。仕方ないじゃない。みんなだって驚いたでしょ？　今だって私、ずっとドキドキしているの！　ああ、なんてことでしょう！〉

早口でまくし立てる声から、そわそわと辺りを歩き回る姿が思い浮かぶ。

〈くだらない。そろそろ集会をお開きにしましょう。無駄よ、無駄。いつも無駄。なにをやっても無駄。そろそろ気づいてもいい頃ではなくて？〉

硬い女の声には冷ややかな軽蔑《けいべつ》が含まれていた。

〈なんて恐ろしいのかしら。危うく私たち、無関係の人を殺すところだったのよ。殺人なんて冗談じゃないわ。悪夢よ、悪夢。寝覚めが悪いったらないわ〉

ブツブツとつぶやく声は誰からの返答も期待していないようだった。

〈いい加減にグチグチ悩むその性格直しなさいよ。私あなたみたいな人、嫌いだわ。友人にしたくないタイプ。まあ実際、あなたに友だちなんていないでしょうけれど〉

声の調子が皆違う。どうやら何人もの女たちがぎゃあぎゃあと騒いでいるようだ。私はぱちりと目を開ける。うるさい、そう言おうとしたが、私の部屋であるその場所には、蚊《か》帳《や》で包まれた布団の中で横たわる私以外、誰もいなかった。

〈やっと起きた！　この寝ぼすけ！〉

〈よかったわ。これでもう安心ね。頭も打っていないようだし、怪我《けが》もしていないわ〉

〈でも、無傷じゃないかもしれないわ。どこかに傷があったらどうしましょう。女の子なのよ。消えなかったらどんなに傷つくことか、それを考えると……〉

〈待って、ねえちょっとおかしくない？〉

〈なに？　どうかしたの？〉

〈この子――〉

声が聞こえる。誰もいない部屋の中から、確かに女の人の声が。幻聴と無視するにはリアルな〝気配〟をともなって、それはざわざわと私の周りを蠢《うごめ》いている。

「だれ？」

ようやく声を絞り出した瞬間、風もないのに蚊帳が舞い上がり、気配はあっという間にちりぢりになった。私は唖然《あぜん》と部屋を見回し、ゆっくりと起き上がる。

「……今の、崖《がけ》の上にいた気配と同じもの……？」

幽霊というには気配が濃い。

「魔女？」

ぱんっと目の前で火花が散って、耳元でけたたましい叫び声が響いた。とっさに両耳をふさぎ、辺りを見回す。でも、やっぱり誰もいない。

「なに……？」

部屋の奥から闇《やみ》が広がってきた。赤黒い闇。ハル、そう呼びかけようとして、闇の中に揺らめく二つの青白い炎を見て息を呑《の》んだ。炎は闇を切り裂き、ゆっくりと左右に揺れながら近づいてくる。

深淵《しんえん》は「にゃあん」と鳴き、蚊帳をすり抜けると私のお腹《なか》に前脚を乗せた。そのままみぞおちを踏み、反動で倒れた私の胸のあたりで香箱《こうばこ》座りをして青い目を細める。

重い。暑い。

だけど、一人ではないという安心感が全身を包み、黒猫が青い目を閉じるのに合わせて目をつぶっていた。

朝、猫の重みと話し声で目が覚めた。

ふすまの向こうに人の気配がある。

「そっか、まだ寝てるのか。体に異常がないってんなら夏バテだよな？　そういえば愛子《あいこ》ちゃん、最近野菜ばっかり食べてるって言ってたもんなあ」

信也《しんや》さんの声だ。会話の流れから、私はすでに次の展開を予想していた。だったらなにかせいのつくものを買ってこよう、夏といえば土用丑《どようのうし》の日、ウナギだろ！　信也さんは間違いなくそういうタイプだ。それほど長いつきあいではないのに確信し、瞬時に起き上がった。いきなり放り出されてびっくりする黒猫に「ごめんね」と謝って蚊帳を払いのけ、居間のふすまを開けた。そこには、お母さんと信也さん、松竹梅《しょうちくばい》のおばあちゃんがいた。

「菫子《とうこ》ちゃん起きたのか！」

「よかったよかった。今さっき村長さんが見舞いに来てたんだよ」

「俺呼んでくるな！」

竹《たけ》ばあちゃんと梅《うめ》ばあちゃんの話を聞いて松《まつ》ばあちゃんがうなずくと、信也さんがはっとしたように目を見開いた。

「先生んとこの息子たちもあとから来るって言ってたぞ！」

「じゃあみんなまとめて呼ぶか」

「ま、ま、待ってください！　どうしてそんな大げさなことになってるんですか⁉」

「ハルくんが倒れてる董子を運んでくれたのよ。それをみんなが見ていて……」

仰天する私に、お母さんがそう教えてくれた。ああ、だめだ。どこからが夢で、どこからが現実なのかよくわからない。崖から落ちて傷一つないなんて夢に違いないから、きっとハルと別れたときから調子が悪かったのだろう。

女たちの声を思い出すとぞわっと鳥肌が立った。

「ついでにウナギも買ってくるわ！」

信也さんの言葉に梅ばあちゃんがくわっと目を見開いた。

「信さん、おめ、そういうときは釣ってくるんだ。俺たちみたいなぴっちぴちの天然もんだ、天然もん」

竹ばあちゃんが細い腕を突き上げると、松ばあちゃんも「んだ。男を見せろ！」とうなずいた。信也さんはおばあちゃんたちに押され気味に顎《あご》を引いた。

「お、おお！　じゃあちょっと釣ってくる！」

「い、いいですから！　本当に大丈夫ですから‼」

ウナギなんてどこで釣れるんだろう。ノリで言っているのか本気なのかさっぱりわからなくて私は青くなった。

「休んだらすっかりよくなりました」

「そっか、よかった。董子ちゃんに頼みがあったんだけど、さすがにこの状態じゃ……」

「ま、まさかまた幽霊ですか!?」

女たちの声がみんなにも聞こえるのか——私が慌てて尋ねると、信也さんは「卓朗《たくろう》はもう大丈夫だ」と笑顔で返してきた。本人もだいぶ落ち着いて、少しずつではあるが、信也さんの畑で夏野菜の収穫の手伝いをしているらしい。

「山林に動物の死骸《しがい》が転がってるんだよ」

「あ……それ、私も見ました」

「さすが、董子ちゃん！　話が早いな!!」

ただ単に迷ったときに見かけただけなのだが、信也さんは〝作家先生の娘〟の行動力を褒め、勢いづいたように話し出した。

「北が中心だけど、西側の山林にもイノシシやシカが死んでるんだ」

「前に言ってた密猟者の仕業ですか？」

森の中で出会った男の人を思い出す。無事に村に帰れたのは彼のおかげだったけれど、今思い出しても怖い目をした人だった。

「俺もそう思ったんだけど銃創《じゅうそう》がないんだよなあ。撃たれたにしちゃきれいすぎる。それに、せっかく仕留めた獲物《えもの》をわざわざ置いていくか？」

「狩猟《しゅりょう》が趣味、とか」

「あー、スポーツハンティングか。日本じゃそういうのは流行《はや》らんからなあ。あとな、昆虫も消えてるんだ」

言われてようやく蟬《せみ》の声が聞こえないことに気がついた。まだ八月、夏真っ盛りだ。蟬が鳴いていないほうが異常だった。

「……あの、……ちょっと訊《き》いていいですか？」

これは間違いなくよく知るパターンだ。動揺しながらも質問を続けた。

「疑問点は二つですよね？　一つ目、動物の死因。二つ目、昆虫が消えた原因」

「おおお、そうだ！　さすが董子ちゃん！」

さすがもなにも、聞いた内容をそのまま口にしただけで、特別なことはなにもしていない。そして問題はここからだ。今までの状況から彼の希望は推測できる。私はそれが間違いであることを祈りながら言葉を続けた。

「その原因を突き止め、解決してほしい」

「そうなんだ！　さすが!!」

「さすが」の大安売りで、おばあちゃんたちまできゃっきゃと興奮する。私は苦笑いし、考える。銃創がないと信也さんは言ったが、見落としがないとは言い切れない。第三者の視点で密猟者と動物の死を繋《つな》げる証拠を探せば、案外あっさり片づくかもしれない。虫が減ったのは猛暑が原因と憶測する。これも証拠さえ見つかれば解決する。

「やってみます」

あらかたの目星をつけ私は快諾した。

「菫子ちゃんならそう言ってくれると信じてた！　いやあ〝幽霊〟捕まえただけある」

「山に入ったとき、俺が気分悪くなった原因も突き止めてくれ！」

梅ばあちゃんが追加で頼んでくる。

「おめえのは、そりゃ食あたりだろ。なんでも口に入れるから！」

なるほど、食あたりか。松ばあちゃんの言葉に納得していると、梅ばあちゃんが「んなことねえ」と否定していた。「竹さんも一緒だった！」と主張する。

「竹さんと一緒に拾い食いか」

つきあいの長い松ばあちゃんは食い意地が原因だと確信しているようだ。苦笑のままおばあちゃんたちのやりとりを聞いていると「あの」と、今まで黙っていたお母さんが口を開いた。真剣、というにはこわばった表情に、私はぎくりとした。

「幽霊を捕まえたって、どういうことなの？」

お母さんに見つめられて血の気が引いた。そうだ。幽霊騒動のとき、ハルと花火をすると言って家を出たのだ。それは決して嘘《うそ》ではなかったが、取り繕《つくろ》えずにまごついてしまった。そんな私に気づかずに信也さんがいつもの調子でことの顚末《てんまつ》を告げた。

「すみません、信也さん。せっかく相談していただいたんですが、お引き受けできません」

お母さんの険しい表情に信也さんは戸惑い、押し黙る私を見た。

「董子、幽霊を捕まえる話なんて、お母さん聞いてないわ。それは母親に嘘をついてまでやるべきことだったの？」

素直にしゃべって許可が出るかなんてわからない。でも、誤魔化さずに話すべきだったのは事実だ。

「頼んだのは俺だ。董子ちゃんが悪いんじゃない。それに、卓朗のやつも、董子ちゃんのおかげでずいぶん顔色がよくなったんだ」

「信也さん、そういう問題じゃないんです」

お母さんはいつも穏和で声を荒らげることなんて滅多にない。そんなお母さんが語調を強くして言い放つのを聞き、私は嚙《か》みしめていた唇を開いた。

「ごめんなさい」

そうして気まずい空気のまま、信也さんと松竹梅のおばあちゃんたちは帰っていった。

無言のお母さんが用意してくれた朝食をもそもそと食べ、部屋に戻ると机に向かった。問題集は閉じたまま、シャープペンはペン立ての中。なにもやる気が起きなくて、じりじりと上がる室温を全身で感じながら問題集の表紙を凝視していた。

息をついて立ち上がると窓を開けた。風が入ってきて少しは涼しくなるかと思いきや、無風で草さえそよがない。扇風機のスイッチを入れ、ぎこちなく回る羽根をしばらく眺めてから、なんとなくスマホを手に取った。もしかしたら電波が届いているかも、そう期待したが、私と同じでこいつも引っ越してきて以来不調続きらしい。

スマホを手放し畳《たたみ》の上に寝転んだ。

隣の部屋から絶え間なく物音がしている。なにかを軽く叩くような音、掃除機の音、ガタガタと小刻みに聞こえてきたのは窓を拭いている音に違いない。ずっとずっと途切れることなく、お母さんは掃除を続けている。マンションはいつだって埃《ほこり》すら見逃さないほどきれいに掃除されていた。テーブルの上には花瓶《かびん》以外になにもなく、窓ガラスには指紋一つない。トイレだって、いつも掃除直後みたいにきれいだった。お風呂もそうだ。洗濯物は朝干して昼すぎには取り込んで、一つひとつ丁寧にアイロンをかける。お母さんは専業主婦だから当然だと思っていた。でも、本当にそれって当然だったんだろうか。

まるで、怒りながら掃除してるみたいだ。

「お母さん」

不安を覚えて呼びかけると、物音が消えて「どうしたの？」と声が返ってくる。いつもの声だ。私は小さく息をついた。

「お母さんって、どうしてお父さんのことなにも言わないの？」

「なにもって?」

人助けをした私のことは怒ったのに、浮気したお父さんにはなにも言わなかった。そんなの不公平だ。抗議しかけ、子どもみたいに腹を立てている自分に気づく。

「愚痴《ぐち》とか、全然言わない。おばさんのことだって、お母さんなにも言わないよね。お父さん、おばさんと浮気したんだよ。平気なの?」

返事がない。代わりのように、隣でまたごそごそと音がしはじめた。

「……私だったら、許せない」

寝転んで天井を睨《にら》んだまま私は小さく吐き出した。隣から掃除の音がする。この家もマンションと同じようにピカピカになるのだろうか。越してきたときより確実にきれいになる家に少し怖くなる。

このままだと沈黙に呑まれてしまう。わけもなく叫びだしてしまう。

私は起き上がり、もう一度机に向かった。息を整え、シャープペンを取る。目を閉じて、六つかぞえて問題集を開いた。


爽やかな香りがただよってきた。ミントだ。そんな香りのものが身近にあったかな、なんて思って視線を上げると、ふすまがガタガタ揺れた。ノックしているらしい。どうぞ、と声をかけるとハルがひょこりと顔を出した。

「トーコが勉強してるって聞いてスペシャルティーを淹《い》れたんだけど、休憩は取れる？」

居間のちゃぶ台にはお母さんがいて、三人分のマグカップとクッキーが用意されていた。休ませる気満々だ。お母さんと一緒なのは気まずいが、問題集を閉じて居間へと移動した。居間はミントの香りとクッキーの甘い香りで満たされていた。

マグカップには、以前飲んだ紅茶よりずっと濃い色の液体が入っていた。

「これなに？」

「なんだと思う？」

楽しそうに聞き返されてマグカップに鼻を近づける。強烈に匂ってくるのはやっぱりミントだ。

「ミントティー」

「これがただのミントティーだなんて！　日本の耳鼻《じび》科は半年待ちなのかい⁉」

どういう意味だ。いや待て、ミントティーだってことは合ってるのか。くんくんとにおいを嗅《か》ぐと、薬みたいなにおいが混じっていることに気づく。でもやっぱりミントのにおいが強すぎてよくわからない。

「ミント入りの薬湯《やくとう》」

「うーん、及第点かな。ペパーミントとセージ、レモンバーベナのお茶だよ。とくに強く香るのはセージとミントの二種類。集中力アップのおまじないだ」

　気遣いが、不覚にも胸にじんときた。

「あ……ありがと」

「どういたしまして」

　もしょもしょとお礼を言ってマグカップを持ち上げると、ハルがすました顔で笑った。

　ハーブティーを口に含むと爽やかな香りが鼻に抜けた。目が覚める、という感覚だ。飲み慣れていないからおいしいかはわからないが、勉強中に飲むものとしてはとても優秀な気がした。クッキーはさっくりと砕け、口腔《こうこう》を甘く満たしてくれる。

「これ手作り?」

「オーブンがある生活はとても素晴らしいと僕は思うんだ」

　英国紳士はどうやらホットケーキミックスを活用する術《すべ》をよく知っているらしい。そういえば作れるって言ってたな、なんて納得していると「さっき、信也さんに会った」と切り出され、私はぎくりと肩を揺らした。

「依頼をまた受けたんだって、名探偵?」

　ハルの質問に、私もお母さんも押し黙った。すると彼は不思議そうに目を瞬《まばた》いた。

「どうかした?」

「……信也さんに聞かなかったの?」

「ああ、嘘がばれて、愛子さんに叱《しか》られたんだってね。僕もその嘘に荷担しました、すみませんでした」

ハルはお母さんに謝罪する。どう受け取るべきか思案しているようで、お母さんの反応は曖昧《あいまい》だった。

「それで、信也さんの依頼はどうするの？」

「──こういう場合は察するものでしょ」

引き受けられるわけがない。そう言外に告げるが、ハルにはまったく伝わらなかった。

「察するって？　なにをどう察するの？　きちんと言ってくれないとわからないよ」

「だから……」

もう頼み事は聞けない。そのときはじめて「せっかく頼ってくれたのに」という思いが自分の中にあることに気がついた。他人に合わせ、いい人を演じ、優秀な自分という虚像にしがみついていた私が、そんな過去とは関係のないところで誰かのために動こうとしている。動きたいと、そう願っている。

無意識に握りしめていた手をそっとほどき、まっすぐお母さんを見た。

「お母さん、私、信也さんの役に立ちたい」

私の言葉にお母さんは驚き、ゆっくりマグカップをちゃぶ台に戻した。

「素直に言ったことは偉いと思う。でも、だめよ。山林なんて危ないわ。菫子は山を甘く見すぎてる」

「ハ……ハルが……危なくなったら、ハルが私を止めてくれるから」

ここでハルを引き込むのは卑怯《ひきょう》だと思ったけれど、今はお母さんが彼に向ける好意を利用することにした。駆け引きだ。ちらりとハルを見る。

「もちろんだよ」

にっこりと極上の笑み。それがまたとんでもなく胡散《うさん》臭く見えてしまったのだが、そんな不安はおくびにも出さず、お母さんへと視線を戻した。

「お願いします」

深々と頭を下げるが、お母さんからの反応はない。しばらくして、お母さんはマグカップを手に取り、一口飲んで深く息をついた。

「内緒で動くのは禁止。約束できる？」

「や、約束する！」

身を乗り出して大きくうなずく私を見て、お母さんは複雑な顔で苦笑した。

2

許可が出た。昼が近かったのでいつものようにそうめんをゆで、今日はオクラをトッピングした。もみ海苔《のり》を入れるだけで味が締まるのが素晴らしい。夏野菜の代表格の一つであると信じて疑わないゴーヤはもぎたてをもらったのでそのまま豚肉《ぶた》と炒《いた》め、塩こしょう、醤油《しょうゆ》で味付けした卵でとじた。食材がいいからなのか、シンプルな料理がとにかく驚くほどおいしいのだ。デザートは安定のスイカだった。

そうして胃を満たし、黒猫を抱き上げるとハルとともに家を出た。

玄関に草がぶら下げてあるのを奇妙に思って眺めているとハルが声をかけてきた。

「トーコ、体大丈夫?」

「体?」

「……まさか昨日倒れたことを忘れてる?」

「わ、忘れてないよ!?　もちろん覚えてるよ!?」

「忘れてたんだ」

冷ややかに見つめられて私は肩をすぼめた。そうだった、倒れたんだった。

「……幽霊って、いると思う?」

「僕は会ってみたいけど」

いるかいないかという明言を避けるあたり、実にハルらしい。

「なんか、女の人の声が聞こえて、崖から突き落とされた……ような、気がしたんだけどなあ。ねえ私、どこで倒れていたの?」

「すぐそこ。二号が僕を呼びに来たんだ」

あ、嘘だ。魔女がまた嘘をついた。微妙な空気の変化で察したが笑顔で聞き流すことにした。彼との会話は押すばかりじゃだめだ。どうすれば自分がほしい情報を引き出せるか考え、質問を精選《せいせん》しなければならない。

「そっか。助けてくれてありがとう」

私がにっこり微笑《ほほえ》むと、ハルは所在なげに身じろいだ。よゆうを見せろ、動揺するな。相手は魔女だ。疑問を胸の奥に押し込んで、ハルをうながし西に進んだ。南西は崖下へと続く木の階段がある場所だ。私の記憶が正しければ階段は土砂に呑み込まれている。そこから真西より少し北に向かうと森と勘違いした山林に入るはずだ。

「ここを進むと動物の死骸みたいなのがあるはずなんだけど」

「トーコの家からここに来るには僕の家の庭を突っ切ることになって、そこで思いとどまりそうなものなんだけど。……まさか気づかず通りすぎて、そのまま山林に迷い込んで遭難しかけたなんて笑える話をする気はないよね？」

「まさか！」

力強く否定したが、胡散臭く微笑むハルが私の嘘に気づいているなんて明白だ。それでも問い詰めないところが怖い。

そうして案の定、以前そうであったように再び迷ってしまった。

「……トーコ、確認のために訊くけど、目的があって歩いてるんだよね？」

「も、もちろん」

「声が震えているようだけど僕の気のせいかな」

　どうしよう、迷ったなんて言えない。遠回しに責められそうでいやな汗が噴き出してくる。ストレートに叱られるのはへこむけど、遠回しにつつかれるのはストレスだ。どこかにそれっぽい動物の死骸がないか、いつもなら絶対に探さないものに目をこらした。

「トーコには隠された才能があるみたいだね」

　道に迷ったことを確信したようで、ハルの言葉がチクチク痛い。

「ご、ごめんなさい」

　素直に謝罪すると、短く息をついたハルが「スマホは？」と訊いてきた。ポケットから取り出し、ロックを解除してハルに渡す。

「ネット繋がってないから使えないよ」

「コンパスなら使えると思う。いったんここから出よう」

「圏外でも使えるの!?」

　自分の持ち物なのに全然気づかなかった。ハルが操作すると、丸い円の描かれた、シンプルだけど力強い画面が表示される。体の向きを変えると針が動くので、ちゃんと機能しているようだ。

「にゃあん」

山林から出ようと歩き出したとき、今までじっとしていた黒猫がもぞもぞと動き、私の腕からすり抜けた。そのままスタスタと森の奥へと入っていってしまう。

「ハル一号！　おいで！　そっち行っちゃだめ！」

「トーコ、あっちは二号だ」

「どっちでもいいから！　ハル！　ハルったら!!」

「……追おう」

遠ざかる黒猫に険しい表情をしたハルは、ごく自然に私の手を取った。相変わらずちっとも慣れないが、どぎまぎしていることに気づかれるのも腹立たしいのでぎゅっと握り返してみた。すると、はっとしたようにハルが手を放した。ちょっと勝った気分だ。

なにか言いたげに見つめてくるハルを無視し、倒木をひょいと乗り越え、草と低木をすり抜ける猫を追ってさらに歩いた。

黒猫が立ち止まったのは、茶色い小山から幾分離れた場所だった。

「……もしかして、あれって……」

戸惑う私にハルは「ここで待ってて」と声をかけ黒猫の隣を通りすぎ、小山へと近づく。

椰子《やし》の実のような茶色いものでおおわれたそれには、四本の足が生え、しっぽまでついていた。幸い私のいる場所から顔は見えなかったけれど、イノシシの死骸であることは間違いない。近くに小さなイノシシが二頭、寄り添うように倒れていた。

ハルはしゃがみ込むとイノシシの体を調べた。私はふらふらと彼に近づき、隣に座ると手を合わせた。くしゃくしゃと私の頭を撫《な》でたハルが立ち上がり、手を差し出してきた。素直にその手を取ってイノシシから離れ、肩越しに振り返る。

「どうして死んじゃったの？」

「——外傷はなかった」

ハルは慎重に言葉を選ぶ。しばらく歩くと、しっぽをピンと立てて前を歩いていた黒猫が私たちを振り返った。猫の脚の下に鉄の輪が置かれている。一般的に〝くくり罠《わな》〟と呼ばれ、埋めてある板を踏み抜くことによって作動するワイヤー状の罠猟《わなりょう》の道具だ。草に埋もれて見失わないように、近くの木に赤い布がくくりつけられていた。

「今は狩猟期間じゃないのに」

再び脳裏をよぎったのは、山の中で帰り道を教えてくれた男の人の顔だった。確証はないが、確率は高い。罠を仕掛けているなら定期的に見に来ているはずだ。猟銃《りょうじゅう》を持った人なら行動時間は日のあるうち——ただし狩猟期間を無視するような人だから、人目を避け夜間に動く可能性も捨てきれない。

「トーコ、僕たちは運がいい」

ハルがささやく。彼の視線を追った私は、はっと息を呑んだ。細長い布の袋を肩から下げた男が二人、犬を連れて近づいてくる。あのときの男の人だ。彼も私に気づいたようにばつの悪そうな顔をした。

「やあ、また会ったね。今度は迷ったわけじゃなさそうでよかった」

今にも飛びかかってきそうな犬は、ツヤツヤとした短毛と垂れた耳が特徴的な筋肉質な体をしていた。私は毛を逆立てる黒猫を慌てて抱き上げた。

「プロット・ハウンドだ」

ハルが小声で「猟犬だよ」と続ける。地中にいる小動物を狩るために品種改良されたのがダックスフンドなら、よく訓練されたプロット・ハウンドはまさに野を駆け獲物を追い詰めるハンターの風格だった。

「狩猟はできない時期です」

私が告げると、彼は、ロン毛に柄シャツ、迷彩柄のカーゴパンツを穿《は》いて、見覚えのある銘柄のビールをぶらぶら持つ男の人に視線を投げた。吸い殻《がら》を缶の中に入れて放置したのは彼らに違いない。弁当のプラゴミも彼らの仕業だろう。二人はうなずき合ってから視線を戻した。

「サバゲーだよ、サバイバルゲーム」

モデルガンが入っていると言わんばかりに彼は肩から下げた袋を軽く叩いた。

「銃声が聞こえたってみんなが言ってました」

ハルがさらりと鎌をかけた。それに対しても、彼らはまったく動じず「爆竹だよ」と笑った。「爆竹をするなって法律はないだろ？」続けて言い放つ。私はハルからスマホを奪ってロックを解除し、素早く指先を滑らせ耳に押し当てた。

「お、おい、なんだよ、サバゲーだって。どこに電話してるんだよ」

案の定、ロン毛が慌てる。私は神妙にうなずいた。

「くくり罠があったから警察に。誰かがかかると大怪我をするから撤去をお願いしないと……あ、もしもし、警察ですか？」

「サバゲーをしてたなら罠がある場所も知ってますよね？　警察が来るまでここで一緒に待っていてもらえませんか？」

ハルがそう尋ねた瞬間、彼らは顔を見合わせて「昼から用事があったんだった」「俺も、今日は暑いからそろそろ帰ろうと思ってたんだ」と、とってつけたように告げ、私たちに背を向けた。チラチラと振り返って小声でなにか言い合っている。罠を回収すべきかこのまま逃げるべきか相談しているのだろう。

短く息をつく私に、ハルがぴたりと顔を寄せてきた。

「きゃ……!?」

「最近の警察はずいぶん寡黙《かもく》なんだね」

繋がってもいないスマホに話しかけていたことをつつくハルに、私は鼻を鳴らした。

「ふふん。親切でしょ」

「うん。悪くない判断だよ。スマートだったと思う」

　ぐっと親指を立てて肯定する《サムズアップの》ジェスチャー。珍しく手放しで褒めてくれるハルに私もちょっと気をよくし、同じように指を立て、サポートしてくれた彼を讃《たた》えて拳《こぶし》と拳をコツンとあてて親指同士をぴたりとくっつけた。

　そのとたん、花が開くようにハルが笑った。「あははっ」と、軽やかな笑い声が私の鼓膜を震わせた。

　びっくりした、というのが私の率直な感想だった。こんなふうに彼が笑うなんて思いもしなかった。目の前が鮮やかに色づく極上の笑顔。いいものを拝んでしまった。

「いつもそうしてればいいのに」

　私の言葉にハルはきょとんとしたあと「考えておくよ」と告げて笑顔を引っ込めた。日本をよく理解しているハルは、それがビジネスシーンにおける断り文句であることも熟知しているはずだ。やっぱり彼は一筋縄ではいかないらしい。

「動物の被害、減ると思う？」

　彼らがなんらかの形でこの一件にかかわっているとふんだが、私は犯人を突き止めるより安全を優先した。狩猟をするなら獲物を解体するための道具を持っているはずだ。下手に問い詰めて逆上されたら、武器を持つ彼らには勝てないと考えたのだ。

目の前で逃げられるのは、やはり悔しいけれど。

「……ハル？」

「トーコ、あそこになにかある」

「え、またイノシシ!?」

ぎょっとした私は、すぐにそれがイノシシではないことに気づいた。絣《かすり》のシャツに綿のモンペ、頭に木綿《もめん》の手ぬぐい――松ばあちゃんだ。

「松ばあちゃん!?　どうしたの!?」

叫ぶ私より早く、ハルが松ばあちゃんのもとに駆けつけて小さな体を抱き起こした。体に怪我らしいものはない。それでも松ばあちゃんは身じろぎ一つしない。蒼白《そうはく》になった顔を見て私は震え上がった。

「ハ、ハル、おばあちゃんは？」

「――大丈夫。息は、ある」

脈を取り、松ばあちゃんの顔に耳を近づけ、ハルは小さく息をついてすぐにおばあちゃんを背負った。


夏バテで倒れた、という話で、松ばあちゃんは信也さんの車でかかりつけの病院に向かうことになった。同行するため信也さんの車に乗り込んだ松ばあちゃんの旦那《だんな》さんの源太《げんた》さんは、可哀相《かわいそう》なほど真っ青になって何度も私たちにお礼を言った。

「確かに今日は風もなくて暑かったよね」

車を見送って、私はつぶやく。

暑かったのは認める。だけど山林には日陰《ひかげ》が多く、熱中症で倒れるほど気温が上がっていなかった。松ばあちゃんは水分をマメにとるタイプらしく、それも私の疑問に拍車をかけていた。

「……なんかおかしいよね」

たびたび目撃される動物の死骸、気分が悪くなったと言っていた梅ばあちゃん、そして、倒れていた松ばあちゃん。タイミングや状況が似通っていて不気味だ。

「人間も動物の一部ではあるけれど、なにもないところで偶然似た時期に倒れるというのは考えづらい。原因は、必ずあると思う」

ハルを見ると、彼もまっすぐ私を見つめ返してきた。

「もう一回、行ってみる？」

「このままじゃ気になって落ち着かない」

私たちが歩き出したとき、「おおい」と遠くから声がした。伊木大地《いさぎだいち》だ。目をキラキラさせながら走る彼の後ろには、やっぱり聡実《さとみ》さんがいた。

「揉《も》め事か!?」

開口一番ろくでもない。

「嬉《うれ》しそうになに言ってんのよ！」

聡実さんがぎょっとしてたしなめているが、大地くんのマイペースぶりは熟知しているので私もハルも苦笑いだった。

「えー、だって退屈なんだよー。スマホのゲームできないし、携帯ゲームはカンストで無敵だし」

カウンターストップがかかるまでレベルを上げまくった大地くんは、やっぱり今日も暇を持てあましていたらしい。

「だからって言い方があるでしょ！」

「で、で、なに!?　今度はどんなトラブル!?」

「大地！」

「はいはい、そう騒ぐなよ」

騒いでるのは明らかに大地くんなのだが、彼がよしよしと聡実さんの頭を撫でると、彼女は真っ赤になって押し黙ってしまった。二人は今日も平和らしい。両片想いなのにどうしてこうもバカップルなんだろうなあ、と、ちょっと微笑ましい気持ちになる。

「私たち、これから山林に……」

「逢《あ》い引きか!?」

「動物の不審死の謎を解明しに行くの」

大地くんの変な合いの手に思わず大げさな言葉を選んだ私は、隣にいたハルが渋い顔になるのを見て失態に気づいた。大地くんの目がキラキラを通り越してギラギラだ。

「来た来た、事件来たー!!」

「え、あの、事件って決まったわけじゃなくてね？」

「どっち？　北？　南？　西？　東？　ここ越してきたときさ、俺、冒険のにおいを嗅ぎ取ったんだよ。絶対なにかあるって！　ようやく来た！　そのときが!!」

だめだ、まったく人の話を聞いてない。

このまま道端で話し込んで小学生三人組が加わったらまずいことになる。私とハルは追加要員とともに渋々と山林に戻ることになった。


移動途中、私たちは簡単に状況を説明した。

すると大地くんが「あー」と声をあげた。

「母ちゃんが時間できたらフィールドワークしたいって言ってたんだよな」

「地質調査したいんだっけ？」

「そうそう。ここらへんって、水晶とか瑪瑙《めのう》が採《と》れた土地だから地質とか生活様式とかな。本当は越してきたらすぐに取りかかりたかったんだけど、二科目受け持つのはじめてでちょっとバタバタしてたんだよ。で、九月から転校生だろ。仕事二倍とか言ってたな」

二人増えるから二倍。そういえば、転校生は女の子だという話を、聡実さんから聞いていた。あの疑問もまだ解けていない。

「素子《もとこ》さんが調べたらいろいろわかったかも」

聡実さんが山林を見渡しながらつぶやく。大地くんは「どうかなあ」と首をひねった。

「本腰入れて地質調査したいとか言ってたけど、あの人わりと民俗学とか好きだから、村の中ばっかり調べてそうじゃん。古石川《こいしかわ》さんの村だー！　みたいに」

民俗学は調査対象の幅がかなり広いイメージだ。本人にその気があればいつまでも調べ続けられる学問。山林の怪死にたどり着くには相当な時間が必要だろう。

「あ、あれかな、死体」

きょろきょろと辺りを見回していた大地くんが指をさす。が、私たちには彼が見つけたものがさっぱりわからない。うながされるまま少し歩くとようやくシカの死骸を見つけた。こちらは腐敗が進んでいて、私と聡実さんは近寄ることもできなかった。

「うお、すげ。これヤバいな。臭気《しゅうき》が目に染みる……!!」

「これじゃ死因はわからないね。近くに罠を仕掛けた跡はない？　木に猟銃の弾《たま》がめり込んでるとか」

「んー、ないなあ。なあ、毒餌《どくえ》とかは？　結構いろいろ死んでるんだろ？　たとえば……

そうだ。飲み水に毒を混ぜるとか」

「君、意外と過激なことを言うんだね。でも、その可能性はないな」

「なんで？」

「人も倒れていたんだ。命に別状はないけど、人と野生動物が同じ水を飲むことはない」

「じゃあ木苺《きいちご》とかに毒を塗ってるとか」

大地くんは犠牲《ぎせい》の多さから個別に殺したのではないと考えているらしい。ハルは返答を
保留にした。もしも毒をばらまいているなら状況がまるで変わってくる。無差別の殺意。

今まで動物にのみ向けられていたそれが松ばあちゃんに――人に向けられるようになった
なんて、考えるだけで恐ろしい。そうした狂気は往々《おうおう》にして肥大していくのだから。

「トーコ、聡実、お待たせ」

ハルと大地くんが戻ってきて、青ざめた私たちを見る。

「どこかで休む？」

「だ、大丈夫」

風があれば腐臭《ふしゅう》も攪拌《かくはん》されたのに、今日は朝から風がなく、その場から離れることでよ
うやくほっと息をつくことができた。

「こういうのって解剖《かいぼう》すればわかったりする？」

「素人《しろうと》じゃ無理だよ」

毒でなくても死に繋がるものがあるかもしれない。私はそれを期待して尋ねたが、ハルはあっさり却下した。もっとも、イノシシやシカを解体する勇気があるかと聞かれれば、ないと答えるしかないのだけれど。

「……あっちにも死体だ」

再び大地くんが山林の奥を指さした。

「大地の視力は二・〇なの。っていうか、もしかしたらそれ以上」

聡実さんがこっそり教えてくれた。見つけた死骸を調べたが、やはり目立った傷はなかった。そしてさらにもう一体、しばらく行ってまた一体と、大地くんは驚くほどの精度で死骸を見つけていく。

「彼にはブラックドッグが見えてるのかな？」

ハルが困惑する。なにが言いたいのかさっぱりわからなかったが、つまり日本風に言えば「死神《しにがみ》が見えているのか」ということらしい。

傾斜を突き進んだ大地くんが次に見つけたのは動物の死骸ではなかった。

「おい、あれ！　マジかよ、すげえ!!」

大地くんが興奮する。でも私たちにはその理由がわからなかった。走り出す大地くんに驚き、彼を追って木々を抜ける。たどり着いたのは、緑に呑み込まれた家々と巨大な坑道《こうどう》だった。家はほとんどが朽《く》ち果て、まともに建っているものは一つとしてない。深い緑に苔《こけ》むした建物と、多くの石炭《せきたん》を運んでいたのだろう錆《さ》びたトロッコの線路、掘削《くっさく》に使われた機械、小さな鳥かごが、帰ることのない人々を今もひっそりと待っている。

坑道の脇にある山神社だけは不思議ときれいな形で残っていた。

「こんなところに小炭坑《こやま》があったんだ……」

古石川村からそれほど離れてはいない。でも、簡単に行ける距離でもない。村長さんが管理はしているが、古石川村に隣接する山は山菜を採るおばあちゃんたちのために手つかずの状態で残してある。それら偶然が、この小炭坑を人の目から隠し続けていたのだろう。

「探検しようぜ！」

大興奮の大地くんはすでに当初の目的を忘れているようだった。私と聡実さんは顔を見合わせて苦笑し、ハルは警戒しながら辺りを見回す。

坑道は苦手だ。赤黒い闇が手招いているようで恐ろしく、私は坑道を避けつつ民家を見て回った。しばらく歩くと柔らかいものを踏んだ。足を上げると木の板だった。安堵《あんど》に息をついた私は、次の瞬間、それが木の板ではなく毛皮であることに気づいた。

「……え……？」

ゆっくり視線を動かすと、草の中に渦《うず》状のものが落ちていた。シカの角だ。草と苔に同化して、角だけがかろうじて形を保っていたのだ。私は黒猫をぎゅっと抱きしめ、逃げるようにその場を離れた。よく見れば動物の死骸があちこちにある。肉は腐り大地に還《かえ》っても、毛皮や骨はしばらくその場に残る。すぐに気づけなかったのは、旺盛《おうせい》に生い茂った草が死骸を隠していたからだった。

「ハ、ハル！　ここ、おかしいよ」

不安が口をつく。坑道の前に立っていたハルは、ゆるりと振り返って青ざめた顔を私に向けた。

「ハル……？」

坑道の中にはイノシシが横たわっていた。死んでそれほどたっていないのか、ハエが数匹たかっているだけで腐敗は進んでいなかった。イノシシの体の近くまで土砂が迫っていた。どうやらごく最近、坑道が崩れたらしかった。

「――トーコ、ここは危険だ」

ハルはあえぐように言った。夏なのに蝉の声もなく、静寂《せいじゃく》が耳に痛いほどだった。その中で、ハルの声だけが響いた。

「これが、変死の原因だ」

足下に転がっている鳥かごを見て私は震え上がる。

坑道でもっとも人を殺した事故。

人々が恐れ続けた化け物が、私たちの足下にいた。

3

もっと小炭坑を見たいと騒ぐ大地くんをハルと聡実さんが無理やり引きずって村まで帰った。一目散に向かったのは村の南東にある村長さんの豪邸だった。

幸いなことに村長さんは、秋からはじまる枝打ちや伐採《きり》の段取りを立てるため、自宅と隣接する事務所で黒檀《こくたん》の机にかじりついていた。

「どうした、血相変えて。おーい、麦茶頼むー」

息も絶え絶えの私たちを見て、村長さんは事務員さんに声をかけてくれた。猫のために少しだけあたためたミルクまで出してくれる好待遇だった。

お茶を飲み干すなり私は口を開いた。

「村の人たちの避難をお願いします！」

村長さんはぽかんとしてから「ええっと」と、戸惑いの声をあげる。

「信也さんに頼まれて山林で動物が死んでるのを調べたら、ガ、ガ、ガスが……っ」

私は焦《じ》れながら訴えた。思い出すだけでぞわぞわと鳥肌が立つ。黒猫を下ろしていたら今ごろ死んでいたかもしれない。小さな子どもたちも同じだ。きっと取り返しがつかない事態になっていただろう。松ばあちゃんだって、休憩かなにかで腰を下ろし、そのまま意識を失ったに違いない。誰にも気づかれずにガスを吸い続けたら死んでいた。今だって、重大な障害が残っているかもしれないのだ。

「ガス？　そんな話、聞いたことがないけどなあ」

村長さんは斜め上を見ながら顎をさする。

「古石川村から北西に廃村があります。ご存じですか？」

パニックを起こす私の肩をなだめるように軽くさすり、ハルが言葉を継いだ。その問いにもピンとこないのか村長さんの反応が鈍い。古石川村の坑道がコンクリートで埋められたのは一九七〇年代、あの小炭坑が廃鉱したのは荒れ方から見てそれ以前——村長さんが生まれる前だった可能性が高い。松竹梅のおばあちゃんたちならかろうじて覚えているかもしれないほど昔だ。

「状態から見て炭鉱《たんこう》事故が原因で廃鉱になったんだと思います。その坑道から、ずっとガスが漏れ出していたんです」

「ガスってのは、つまり、あれか……？」

状況だけを淡々と語るハルに村長さんもただならぬものを感じたらしい。表情がみるみるこわばっていった。

まっすぐに村長さんの目を見つめ、ハルがゆっくりとうなずく。

「メタンガスです」

ダイナマイトを使う坑道は珍しくない。そして、ガスに引火し多くの死者を出した。メタンガスは無臭で、都市ガスのようににおいがついているわけではなく、ガス検知器などで調べたりカナリアをもちいて坑道の安全を確保していた。美しい声でさえずり続けるカナリアは窒息性ガスで沈黙する。坑道に転がっていた鳥かごが当時の過酷な環境を伝えてくるようだった。

「――だが、メタンガスっていうのは……」

「今まで漏れていたのはそれほど多くなく、被害もごく狭い範囲にとどまっていました」

ハルの言葉に小炭坑の光景を思い出す。迷い込んだ動物たちはガスを吸って息絶え、肥やしとなって土地を豊かにし、また新しい獲物をおびき寄せる――豊かに実った果実が永遠に熟《う》れ続けるさまは、まさに狂気そのものだった。

「坑道は最近落盤して、より多くのガスを吐き出すことになった。風があれば攪拌されて危険は減りますが、今日みたいに風のない日は危険です」

ハルが断言した。私も深くうなずいて、ハルの言葉を継いだ。

「メタンガスは重いんです。もう山を下ってきています」

「それはつまり、ここにも来るってことか？」

慎重に尋ねる村長さんに、私は大きくもう一度うなずいた。

「松ばあちゃんが山林で倒れてました」

「なんだと!?」

さあっと村長さんの顔から血の気が引いた。

「信也さんが病院に連れていってます。時間がありません、避難指示をお願いします」

重ねて告げると村長さんが立ち上がる。

「えいちゃん、村内放送の準備お願い！　あと警察！　君たちも避難を――」

「私たちは避難誘導を手伝います」

とっさに声をあげた私は、はっと口を閉じた。

「いえ、あの、私は、手伝いたくて」

危険なことなのに勝手に先走ってしまった。しどろもどろになって言い直す私の背中を、ハルがぽんぽんと叩いた。

「僕ももちろん手伝うよ。村の人たちには野菜をたくさんもらってるし、ここはとても居心地がいい。なにかあったら僕が困るんだ」

ハルが告げると、今まで真剣な顔で話を聞いていた大地くんが、かつてないほど目をきらめかせて右手を高く挙げた。

「俺も！　俺もやる！」

「早く行こ！　今の時間帯ならみんな家にいて誘導もしやすいはずだから！」

毛繕いする黒猫を抱き上げた聡実さんがそう声をかけてくれる。

「あ……ありがとう」

こころよく賛同してくれる三人に感謝し、黒猫を受け取ったあと深々と頭を下げた。

事務所から出るとチャイムの音が村内に響いた。五メートルはあろうかという棒の先に取り付けられているスピーカーから流れているものだった。

『あー、あー、村長の古石川次郎《じろう》です。緊急放送です。えー、ただいまガス漏れ事故が発生しました。処理が終わるまでは危険ですので一時避難をお願いします。えー、混乱を避けるため、車を用意するので東道路に集合願います。えー、繰り返します』

「あれ、現役だったんだ」

一度も使われたところを見たことがなかったから驚いた。

「なるほど、ガス漏れか。イメージしやすくていい警告だね」

メタンガスが押し寄せてくると言われるよりよほど実感の湧く脅《おど》しだとハルは感心している。田舎は移動手段を車に頼る場合が多い。だが、状況が状況だ。ぐずぐずしているあいだにメタンガスが流れてきたら引火して惨事になりかねない。その点、一番東に位置する道路に集合というのは、今選択できる中で最善だっただろう。

村内放送を聞いて家から出てくる人がいる。

「手分けして誘導しよう」

ハルの合図で私たちはわかれ、様子をうかがう人たちに声をかけて回った。

「ガス漏れってどこだ？」

トタン屋根の家から出てきた古石川さんに移動するよう話しかけたら、逆にそんなことを尋ねられてしまった。

「場所……場所は、西だって聞いてます。移動をお願いします」

「いや、でも染色の途中だしなあ」

「そ、それ、火を使うんですか？」

「使うさ。煮出すからな。これからドクダミとヨモギを……」

「移動してください！　その作業、あとでちゃんとできますから!!」

引火したときの被害を考えるとぞっとした。メタンガスにはにおいがない。もしかしたらすぐそこまで迫ってきているかもしれないのだ。

「村長さんから話があると思うので、一度移動だけでもお願いします！」

「……まあ、移動だけなら」

古石川さんが仕方ないと言わんばかりに家を出る。私は次に自宅に向かった。お母さんは飽きもせず家の掃除をしていた。

「董子、お帰り。今、緊急放送が……」

「お母さんも早く移動して。施錠《せじょう》して、今すぐ！」

「すぐって、そんな急に言われても困るわよ」

ガス漏れと聞いてもこちらが期待するほどの切迫感はないらしい。私は焦り、「いいから」とお母さんの腕を強く引く。

「爆発に巻き込まれたら、こんな村、ひとたまりもない」

「ちょっと、怖いこと言わないでよ。たかがガス漏れでしょ？　……わかったわよ、そんな怖い顔しないで。えっと、じゃあなに持っていけばいいかしら。すぐ戻ってこられるならいいけど、だめなら着替えと通帳、歯ブラシ、あとは……」

「そんなのいいから早く！」

悲鳴をあげる私に、お母さんは驚いたような顔をした。そこでようやく表情を引き締め
「避難に人手がいるの？」と尋ねてきた。

「いる。早く移動してもらわないと、本当に、本当に、みんなが……っ!!」

誰か一人でも火を使えば辺り一面火の海になる。死が停滞する小炭坑以上の被害を想像し、震えが止まらなくなった。

「わかった。とりあえずお母さんは梅さん背負っていくわ。東道路だっけ」

「う、うん！　お願い。あ、竹ばあちゃんと卓朗さんもお願いできる？」

「任せときなさい」

力強くうなずくお母さんにほっとする。放送だけでは避難しない人たちを、そうして一

人ずつ声をかけて東道路に誘導し終えたのは、それから三十分後だった。すでに病院に行っている三人をのぞき十一世帯二十四人は、村長さんと邑政《むらまさ》先生、古石川家二家族、計四台のライトバンに分乗することになった。犬も一緒なのでかなり窮屈《きゅうくつ》ではあったが贅沢《ぜいたく》は言っていられない。お母さんとおばあちゃんたちが村長さんの車で出発するのを見送った私は、北に伸びる林道に隠れるように止められている四輪駆動のゴツい車に気づいていやな予感を覚えた。

古石川村は一家に一台どころか一人一台というくらいに車が多いが、トラックを愛用する人がかなりの割合を占めている。それ以外はライトバン、小回りが利く軽自動車だ。こんなアウトドアが似合いそうな４ＷＤを乗り回す人はいない。

「県外ナンバー……？」

息を呑み、そっと車中を覗《のぞ》き込んだ。濃いスモークガラスの奥でなにかが動く。それはスモークガラスに前脚をかけ「わん」と高く鳴いた。

「――あの密猟者、帰ってなかったのか」

車を見てハルはうめき声をあげた。まだ乗車していない村民もぞろぞろやってきて渋面《じゅうめん》になった。

「やっぱりいやがったか！　狩猟の時期じゃないって何度言ってもゲームだなんだって誤魔化しやがって……でも、放っておくわけにはいかねえか」

「放送聞いて、勝手に帰るんじゃないか？」

「ああいうのは人の話は聞かねえって。それに、早く窓開けてやらないと犬がゆだる」

みんなの言う通りだ。いくら邪魔でも犬を夏の車中に残しておくような人たちだ。放送を聞いて真摯《しんし》に受け止めたりはしないだろう。

でも、みんなで彼らを捜すのはリスクが高すぎる。

「わ……私、心当たりがあるから一人で大丈夫です！　ハル、この子お願い」

ハルに黒猫を渡す。

「俺も残る！」

さっと大地くんが挙手した。恐怖心はあるはずなのに、好奇心と正義感がそれを上回っているらしい。真っ青な聡実さんに気づき大地くんの肩を軽く押した。

「邪魔」

「じゃ……!?」

「私はこの村で育ったの。だから大地くんよりずっとこの山林に詳しい。大地くんは足手まといになるから先に行って。私はこの車に乗せてもらうから」

私は四輪駆動のゴツい車を軽く叩いた。犬が吠《ほ》え立てている。まだ元気はあるらしい。

最悪、窓を割って犬だけでも逃がしてあげなければ。

「みんなも早く移動してください。車の持ち主見つけて私もすぐに合流します！」

言葉でみんなを追い立てると、暴れる大地くんを邑政先生と素子先生が二人がかりで車に押し込んだ。ハルはなにか言いたげな顔をしたが黒猫とともに車に向かった。息をついて車に背を向け目をつぶる。すると、女の人たちの声がした。とっさに山林を見たが誰もいない。過去に何度か聞いた幻聴と同じものが、どうやら今も聞こえているらしい。

私は両手でパチンと頬《ほお》を叩き、遠ざかるエンジン音に深く息を吸った。

「がんばれ、私。なんとかしてあの二人を見つけないと……!!」

「君の心当たりはずいぶん幅が広いんだね」

背後から声がした。車に乗り込んだはずのハルの声だった。空耳にしてはさらりとえぐってくる。こくりとつばを飲み込み、振り返るなり呆《あき》れ顔のハルに悲鳴をあげた。

「なんでいるの!?」

「気になる子を置き去りにはできないって言ったら、みんながこころよく送り出してくれた。君が素直じゃないことを、僕は誰よりも一番よく知っている」

渾身《こんしん》の嘘はあっさり見破られ、そのうえ、止めるはずのみんなを見事嘘で丸め込んでハルはここに残ってしまったらしい。

「危ないのに」

「なおさら君を一人にさせられないだろ」

「……ハルは?」

「僕?」

「猫のハル」

「二号は車の中だよ」

ハルの言葉にほっとする。彼は苦笑し、拳よりやや大きめの石を拾って近づいてきた。

「ハルも早くみんなを追って。私一人でなんとかするから!」

「密猟者の居場所もわからないくせに」

「ハルだって知らないでしょ」

「知ってるよ。僕を誰だと思ってるの?」

「ま……魔女で紳士なイギリス人」

「正解」

ハルは微笑みながら車の横に立ち、止める間もなく手にした石をフロントガラスに打ちつけた。びしっと蜘蛛《くも》の巣状にヒビが入るのを見て私は再び悲鳴をあげた。ハルはさらに二度三度と石を打ち下ろしてフロントガラスを砕いた。器物損壊だ。高そうな車なのに信じられない。青ざめる私に気づくことなく、彼は車中から飛び出してきた犬に向かって「GO!」と叫んだ。犬は瞬時に牙《きば》を収め、ボンネットを蹴った。

犬が草むらに飛び込み一目散に駆けていく。

「トーコ!」

差し出されたハルの手を、私は反射的につかんだ。

「よく訓練されたいい犬だ。あれが一番確実に密猟者のもとに行く方法だったんだけど、人前では少しやりづらかったんだ」

「もっと魔女っぽいことをすると思った」

犬を放して飼い主のところまで走らせるなんて安直すぎる。思わずハルを睨むと、彼は楽しげに笑った。

「だったら今ので正しい。魔女は知識を継承する者だ。ただの草を知識と経験で薬草という特別なものに変えたように、犬の生態だって、正しく理解すれば立派な道具だ」

「ほうきも乗れない魔女なんて……」

それじゃ完全に一般人だ。

「本物はほうきになんて乗らないよ」

ハルはささやき「いた」と短く告げた。生い茂る木々の向こう、主人を見つけた猟犬がちぎれんばかりにしっぽをふっていた。愛犬の登場に驚く密猟者たちは、土を掘り起こしている真っ最中だった。警察に見つかる前にくくり罠を回収する気なのだ。狩りではないから犬は車中に残したらしい。単純な思考だが、今回ばかりはその判断に救われた。

「おい、なんでジョーがこんなところに……って、またお前らか!?」

私たちに気づき、ロン毛がぎょっと声を荒らげる。

「さっきの放送聞いてなかったんですか？　ガス漏れがあって危険なんです。すぐに避難を……」

「ここなら民家からだいぶ離れてる。爆発したって届かないさ」

「っていうかさ、俺ら仕事はかどらずにすっげー迷惑してるんだよ、わかる？　お前ら見てると苛々《いらいら》してくるから、優しくしてやってるうちに帰ってくんないかな？」

二人とも警告を聞くどころか「生活かかってるんだよ」と私たちを諭《さと》してきた。「学生にはわからないだろうけどなあ」と、小馬鹿《こばか》にして鼻で笑う。

「メタンガスなんです。坑道から流れてるんです！」

どうにかして避難させようと、私は包み隠さず訴えた。けれどやはり通じない。真摯に受け止めるどころかゲラゲラと笑い出した。

「メタンって、いやいや、どんな量だよ。適当なこと言っちゃだめでしょ」

「適当じゃありません。村の人たちはみんな避難しました。あとはあなたたちだけです」

それでも彼らはまったく気にせず罠の回収作業を再開した。

だめだ。これじゃ埒《らち》があかない。説得が難しいなら無理やりひっぱっていくしかないが、身長も体格も私たちより上な彼らをどうにかできるとは思えない。オロオロとしていると犬がふと顔を上げてじっと南の方角を見た。ハルも辺りを見回した。それからほどなくしてサイレンの音が聞こえはじめた。そういえば、避難直前、村長さんが警察に通報するよう言ってくれていた。それが今到着したらしい。

　けれど、そんなことなど知らない密猟者は互いの顔を見合わせ、次に私たちを睨んでから掘り起こした罠を袋に突っ込んだ。

「罠はあといくつ残ってる？」

「五つだ」

「くそ、五つもか」

　回収を断念したらしく、舌打ちしながら遠ざかっていく。ほっとしていると金属をこするような音が聞こえ、私はとっさに辺りを見回した。離れていくロン毛がライターを持っている。咥《くわ》えたタバコに火をつけ、盛大に煙を吐き出した。ざっと鳥肌が立つ。メタンガスが発生していると警告したのに、その危険性がまったく伝わっていなかったのだ。

「吸うか？」

　箱を差し出し、もう一人に誘ってさえいる。血が逆流するかと思った。

「携帯灰皿を持ってますか!?　消してください！　今！　すぐ!!」

　私は大股《おおまた》で二人に近づきながら強く訴えた。

「ったく、うるせえガキだな。空き缶はさっき捨てちまったよ」

　毒づいた男は、タバコを指で挟むとぴんっと弾《はじ》いた。

　くるくると回転しながら落ちていくタバコは、まるで連写で撮った写真みたいにコマ送りで見えた。灰の中から赤い火がちろちろと燃えているのさえわかる。

私はタバコに向かって手を伸ばす。でも届かない。ハルも手を伸ばした。それでも届かなかった。

タバコが地面に触れる直前、炎がタバコを中心に円を描くように広がった。私は悲鳴をあげることもできず、草が、木が、そして密猟者たちが炎に呑み込まれていくのを見た。

ハルが立ちすくむ私の手を引き、抱き込むとぎゅっと体を丸めた。

炎が、巨大な舌になってすべてを呑み込んでいく。一帯が火の海になる。

熱と光の中になにかが躍《おど》り出た。黒く小さな闇の欠片《かけら》——強い光にくっきりと浮かび上がる影は、ぴんと立てた耳を小さく動かして「にゃあん」と一声鳴いた。

「ハル……!?」

私の声が、果たしてその猫に届いたかどうか。音も、熱も、光もなにもかもが一瞬で辺りから消えた。

唯一残ったのは小さな黒猫だけ。それすらも消えたとき、私はあり得ないものを見た。

少女だ。艶《つや》やかな黒髪が、爆風に乱れることなく輝いている。

少女がゆるりと振り返る。深い海の色の瞳を持つ、透き通るように白い肌をしたかわいらしい少女だった。

「ハ……ハル……?」

ああ、あの子だ。私が大好きだったあの子だ。私の声に反応するように、少女はふんわりと笑った。大好きだった笑顔に心が震える。安堵に手を伸ばそうとしたとき、空気の層が目の前に現れた。白い空間にぞっと背筋が冷えるような濃い〝気配〟があふれ出す。

〈やっと見つけた！　私たちの八番目！〉

それらはいっせいに歓喜の声をあげた。

4

八年前の夏、幼い私はお父さんと七江子《なえこ》おばさんが言い合うのを聞いた。

「私、苦しいの！」

おばさんは泣いていた。

「頼む、黙っていてくれ。愛子は君が思うほど強くない」

お父さんは辛そうに顔をゆがめておばさんを抱きしめた。私はお父さんたちがなにを言っているのかよくわからなかった。

「お姉ちゃんはずるい。董子までいる。あの子さえいなきゃ、あなたは……!!」

大好きな七江子おばさんに嫌われていたことをそのときはじめて知った。いつだって笑顔で、「私も董子ちゃんみたいな娘がほしいわ」と抱きしめてくれた。それがすべて嘘だったなんて信じたくなかった。

今日は森の奥であじさいを見つけた。今年は雨が長くてあじさいも長く咲いていたけれど、暑くなってきたせいでいっせいに枯れてしまった。だけど森の奥には小さく青く海の色が切り取られていたのだ。私はそれを、大好きなおばさんとあの子にあげようと摘《つ》んできたところだった。

私は悲しくなってその場から逃げ、雨の中を走った。気づくとあの子の家の裏庭だった。あの子に渡そうと思っていたあじさいは途中で落としてしまった。私はからっぽの両手を見て、とぼとぼと南へ歩き、雨でぐちゃぐちゃになった土の階段をゆっくりと下りて秘密の洞窟《どうくつ》へたどり着く。そしてそこで、膝《ひざ》をかかえて丸くなった。

家には帰れないと思った。

おばさんは私のことが嫌いだった。お父さんだって、なにも言ってくれなかった。もしかしたらお母さんにも嫌われているのかもしれない。独りぼっちだ。空が泣くよりたくさんの涙をこぼし、わんわんと声をあげた。

いっぱい泣いて、それでも全然足りず泣き続けていたら、秘密の洞窟にあの子が現れた。

「ハル」

涙でぼやけた目でも、彼女が困っているのがわかった。ハル——宇堂春《うどうはる》は私の親友だ。

迷子の黒猫を追って歩き回っていたら春の家の裏庭に出て彼女と知り合った。体の弱い春は外に出られず、毎日窓から裏庭を眺めていた。雨の庭は寂しい。だから私は彼女のために毎日こっそりといろいろなものを届けた。山の中に咲くきれいな花、変な形の木の枝、不思議な形のガラス瓶、ころんとかわいい木の実、そして、秘密の場所で採れるきれいな石の数々。春はそれらをいつも喜んでくれた。嬉しくなった私は、大きな身振り手振りで冒険譚《ぼうけんたん》を聞かせ、いかに苦労してそれらを手に入れたかを春に話した。彼女は私を褒めたたえ、私はすっかり気を良くして彼女のヒーローになった。

春は村に来てから一度も家から出なかった。それなのに今、目の前にいた。ずぶ濡《ぬ》れの彼女はふらふらとやってきて、隣に座ると無言で寄り添ってくれた。それでますます涙がこぼれた。私を嫌いな人ばかりじゃない。ここに私を好きでいてくれる親友がいた。

「僕がいるよ」

春はそう言って、私をまるごと認めてくれた。

春は自分のことを「僕」と呼ぶ。それは、魔女に見つからないように、ずっと男の子として暮らすためのおまじないなのだと言う。庭に魔除けのハーブであるヨモギを育て、ヘンルーグで作った軟膏《なんこう》を体に塗り、玄関にはディルを吊《つ》るし、ローズマリーを外に置く。アイビーやセントーリーで作ったスワッグは家中の壁に吊るされていた。

「外に出て大丈夫？　妖精に、いたずらされない？　魔女に見つかったりしない？」

「トーコのほうが大切」

春はそう言って海をくみ取ったような美しい青い瞳を細めた。私は魔女がなんであるかよく知らなかった。絵本では読んだことがあるけれど、春みたいな小さな女の子が魔女に追われることを、どうしても想像できなかった。でも、彼女の言うことは全部不思議なくらいすんなりと信じることができた。

私と春はぴたりと寄り添って雨音を聞いた。寒い。ぎゅっと体に力を入れたとき、春の体が火の玉みたいに熱くなっていることに気づいた。

「帰ろう、春！」

無理をさせてはいけなかったのだ。立ち上がろうとした私の腕を、春はびっくりするくらい強くつかんだ。白い肌がピンク色に染まって、桜みたいにきれいだった。そして春は、蕾《つぼみ》がほころぶように笑った。

「トーコ、未来の僕に、よろしくね」

「春……？」

地響きがした。足下から、頭の上から、土の壁から、低くうなるような音と振動が襲ってきた。春は微笑んだまま私の体を突き飛ばした。私は後ろに倒れ尻餅《しりもち》をついた。慌てて起き上がったが、春はいなくなっていた。そこにあったのはたくさんの土と、土の中から突き出した青白い腕だった。湿った感触に手を見ると、私の手は真っ赤に濡れていた。

ああ、彼女は私を闇の中にひきずりこもうとしたのではなかったのだ。

彼女は、私を救ってくれたのだ。

「春、ねえ、返事をして」

触れた腕はあたたかかった。私は石を押しのけ土を掻《か》いた。一生懸命掘った。でも、上から土が崩れてきてちっともうまく掘れなかった。

「待ってて、すぐに出してあげるから」

私は春が助かると信じて疑わなかった。必死で掘って、掘って、掘り続けて、そして悪夢を掘りあてた。潰《つぶ》れた頭、奇妙に折れ曲がった腕、返事はおろか、呼吸すらしていない肉の塊《かたまり》。それでも私はあきらめなかった。現実を受け止めきれなかったのだ。

二日後、大人たちがやってきた。行方不明だった子どもたちを捜し、ようやくたどり着いたのだ。私は無理やり春から引き剝がされた。泣いて暴れたけれど抵抗はあっさりと封じられ、注射を打たれて真っ白な部屋に閉じ込められた。

次に目を開けたとき、私の中から赤黒い記憶が全部消えていた。

なにも覚えていないことが怖かった。なにかを忘れている事実に耐えられなかった。

それは恐怖の記憶として私の中に根を張った。

お父さんとお母さんは引っ越しを決め、私は知らない土地へ行くことになった。

恐怖の記憶はやがて薄れ、私はあの夏の記憶をすべて忘れたまま、けれど、あの子が残してくれた〝なんでもできるすごいトーコ〟という幻想だけを胸に成長した。

「春」

気づけば私は真っ白な空間に立っていた。目の前には幼いままの、八年前の姿の宇堂春がいた。

「あの落盤の犠牲を、春が食い止めてくれたの？」

死者は一人、怪我人は多かったが、落盤の規模を考えればそれはあまりにも少ない被害だった。

「あれからずっと、この村にいたの？」

「トーコが僕の名前を呼んでくれた。名を与え、僕の意識を引き戻してくれたんだ」

森にいたなにかを〝ハル〟と呼んだことがあった。そのとき現れたのは黒い猫だった。意図して呼んだわけではなく、それはただのきっかけにすぎなかった。それでも言葉は意思を持ち、意思は記憶と繋がって、彼女を再び世界に繋ぎとめることになった。

彼女に近寄ろうとしたら濃い空気の層が邪魔をしてきた。

「原始の魔女」

呼びかけるとそれらは七つの人型になった。誰もが黒いドレスをまとっていたが、見事な赤毛の豊満な肉体の女もいれば、褐色《かっしょく》の猛獣《もうじゅう》のような目をした女、金髪の美女、黒髪長身の女、東洋風の容姿にぽっちゃり体型の女、青白い肌の痩身《そうしん》の女、ドラァグクイーン風の性別不明な人もいた。

「邪魔だからさっさと片づけちゃいましょう！」

東洋風の容姿のぽっちゃりとした体型の女が私を見て明るく提案した。ほがらかに笑う姿と語る内容がまるで嚙み合わない。私は恐怖に鳥肌を立てていた。

「いやあああ！　だめよこの子！　アタシたちを顕現《けんげん》させたわ！　恐ろしい子！」

ドラァグクイーンが悲鳴をあげた。

「八番目が選んだ子よ。繋がりが強いのよ、面倒ね」

褐色の女が忌々《いまいま》しそうに吐き捨てた。

「ああん、びっくりしたわ！　心臓が口から出ちゃいそう！　その子、ちょっと理《ことわり》からはずれかけてるのね！　魔女を顕現させるなんてとんでもないことだわ！」

金髪美女が驚きに顔をゆがめながら告げると、魔女たちはいっせいにうなずいた。悪意が一瞬で私を包む。それだけで息が浅くなる。鼓動が乱れる。あえぐ私の耳に「だめだよ」と春の声が聞こえてきた。

「彼女は僕のものだ。あなたたちが好きにしていいものじゃない」

「八番目！　生意気言わないで！　あなたは私たちが望んだから生まれたの。そんな口の利きかた許さな――」

「僕は、僕の家族は、あなたたちのことをずっと恐れていた。肉の器《うつわ》をただの入れ物だと認識している原始の魔女は、必要だと判断すれば人を殺すことなんて躊躇《ためら》ったりしない。

だから怖かった。でも、もう僕は怖くないんだ。この意味がわかる？」

　春の言葉に呼応して空気が変化すると、さあっと魔女たちが青ざめた。「あなたが怒らせるから」「私のせいじゃないわ」と、お互いに罪をなすりつけ合う。

「わかったわよ、もう！」

「ついでにあの火もなんとかしてくれる？」

「——ああもう！　みんな！　力貸しなさい‼」

　リーダーは褐色の魔女であるらしい。パチンと指を鳴らすと、真っ白だった空間に色が生まれた。燃えさかる炎だ。だが、写真で写し取られたみたいに揺らぎもしない。もう一度指を鳴らすと目も開けられないほどの強風が炎をすべて舞い上げ、上空で轟音《ごうおん》がとどろき、閃光《せんこう》が辺りを包んだ。

　空が焼けるほどの火力と、あらゆるものをなぎ倒す風。その大きさに私は震え上がる。はるか上空、なおかつ魔女たちが防御しているのに、その衝撃は大地を揺らした。

　地上であの規模の爆発が起きたら地形が変わっていただろう。私はもちろん、避難したはずのお母さんたちも命があったか疑わしいほどの規模だった。

「もう大丈夫だよ」

　空を見上げて震える私に声をかけてきたのは春だ。燃えたはずの草も、木々も、炎に巻かれた密猟者たちも無事で、偉業を果たした魔女たちの姿だけが消えていた。どうやら春は、彼女たちにねぎらいの言葉一つかけずに追い払ったらしい。

「……春は、何者?」

改めて問うと春はかすかに微笑んだ。

「原始の魔女が望んだ八番目の魔女。彼女たちを――そうだね。統率する立場にあるって言えば、一番近いかな」

だけど春は小さな子どもだった。八歳とは思えないくらい、小さな、か弱い少女だった。八年前のあのときに、私が守らなければならなかった女の子だった。

「ごめんね、守ってあげられなくて」

ハルに責められたことを思い出した。ハルが死んだ未来とハルが生きる未来、どちらを望んでいたのかと。八年前のあのとき、きっと私だけがこの未来を変えることができたのだ。私だけが、彼女を守れたはずだったのに。

「――全部決められていたことだよ。君との出会いも、僕の死も、全部そうなるように決まってた。でも」

春は私に手を差し出す。一緒に行こうと、そう誘っている。春のいる世界がどんな形なのか私にはわからない。でもきっと、今とは全然違うなにかに私はなるだろう。

それでもいい。一緒にいられるなら、恐怖も後悔もない。

春の手をつかもうとした私は、背後から腕をひかれてはっとわれに返った。

聞こえたのは春よりずっと低くて穏やかな、最近毎日聞いている男の子の声だった。

「久しぶり、僕」

春も同じように応《こた》えた。私は驚いてハルと春を見比べる。金髪と黒髪、男の子と女の子、年齢も全然違う。だけど、似ている。雰囲気や瞳の色がそっくりだった。

「――久しぶり、僕」

「この未来も見えてたんだろ？　じゃあ結論もわかってるよね？」

いつも通り落ち着いた声なのに、ハルからはよゆうが感じられない。

「――この未来は見えなかったよ。でも、君が笑っている未来は見える」

春が告げるとハルの顔がくしゃりとゆがんだ。

「笑っていられるわけないだろ！　僕がどんな思いでこの八年間、君を捜し続けたと思う!?　いもしない君を！　どんな思いで……!!」

血を吐くような悲痛な声。春はそれを聞き、静かに微笑んだ。

「ありがとう、ハル。僕を捜してくれて。ありがとう、トーコ。僕を繋ぎとめてくれて。僕はようやく君たちのところに戻ることができた」

春の輪郭《りんかく》がぼやけ、彼女が立っていたところにちょこんと小さな黒猫が現れた。「にゃあん」と機嫌良く鳴く猫は、青い目を細めて笑い、そっと私たちの背後を見やる。視線の先には元気に飛び跳ねる猟犬と、それを追う複数の人影があった。

「おい。こっちに人がいる！　負傷者二名！　君たち、怪我は⁉」

猟犬とともに駆けつけた警察官は、密猟者の安否《あんぴ》を確認すると私たちに声をかけた。


病院に行くと精密検査で一日が潰れた。警察の調書にはひたすら「わかりません」「覚えていません」「気づいたら頭上で爆発があって」と、のらりくらりと誤魔化した。実際、説明しても理解してもらえないだろう。魔女に助けてもらっただなんて。

お母さんにはもちろんかなり強めに叱られた。私を庇《かば》おうとしたハルも一緒に叱られて、彼はしばらくへこんでいた。

入院した翌日の昼過ぎ、お父さんが見舞いに駆けつけた。顔なんて見たくない、そんな子どもっぽいことを、私は言わなかった。お見舞いの花を手にお母さんが病室から出ていったのを見て、迷いながらもお父さんに尋ねた。

「七江子おばさんは来てないの？」

ああ、と、暗い顔でお父さんがうなずいた。私に会いづらいからどこかで時間を潰している、というわけではないらしい。沈黙が重い。黙っていたら、お父さんはこのままおばさんのところに帰ってしまうだろう。そう思うと胃がムカムカしてきた。

ぐっと拳を握って激情を抑え込み、お父さんに向き直る。

「八年前の落盤事故のときから、おばさんとつきあってたの？」

お父さんの顔がこわばった。小さく息をつき、丸椅子《いす》に腰かけると目を伏せた。

「つきあってたよ。お母さんと出会う前から」

「……え？　それ、どういう意味？」

「今から十八年前だ。お父さんの勤めてる会社に、七江子さんがバイトに来てたんだ。いろいろ話しているうちに、両親が離婚するかもしれないって相談されて、それをきっかけに一気に親しくなった。だけど、イギリスに転勤が決まったんだ。いつ帰ってこられるかわからない。だから泣く泣く別れることになった」

私はお父さんの独白に息を呑んだ。

「お母さんとは転勤先で出会ったんだ。浴衣を着てる女性がいてね、七江子さんかと思って声をかけたんだ。横顔が似てたんだ」

「で、でも、名前が……あ……!!」

両親の離婚で、そのときすでにお母さんの名字が変わっていたのだろう。だから他人のそら似だと思い込んでつきあいがはじまった。

「お母さんが帰国したあともつきあい続けて、子どもができたことを伝えられてプロポーズをしたんだ。なにもかも順調だった。日本に帰ったあと結婚のあいさつに古石川の家に向かうまでは」

いったん言葉を切って、お父さんは苦々しく笑った。

「驚いたよ。本当に、驚いた。心臓が止まるかと思った。まさか姉妹だったなんて思いもしなかった」

「そ、それ、お母さん知ってたの？」

これが浮気と呼べるのか、私にはよくわからなかった。想い合った二人は結ばれず、恋人の面影を追った末に結ばれた相手が恋人の姉だったなんて――おばさんは、そのときどんな気持ちだったのだろう。お母さんは、いったい。

「……古石川の家はどんな感じだ？　掃除してるか？」

「う、うん、毎日毎日掃除してる。ピカピカだよ」

「――お母さんな、考え事をしてるときとか、悩み事があるときに掃除をするんだ」

マンションはいつだってとても清潔に保たれていた。床も、壁も磨き上げられ、汚れている場所を探すほうが困難なくらいだった。

「マンションに越してきたときには、もう疑っていたんだと思う」

「そ……そんなに前から……？」

「だけどな、董子に……その、七江子さんと言い合ってるのを、お前あのとき見たんだろ？　落盤事故に巻き込まれる直前だ」

私がうなずくと、お父さんはうつむいた。

「あのときに家族を守らなきゃって目が覚めて、彼女から気持ちが離れたんだ。だからお互いに態度がギクシャクして、そのせいでかえってお母さんが疑いだした」

もともと嚙み合っていなかった歯車が完全にバラバラに動き出したのだ。

「共通の友人から俺と七江子さんの過去《こと》を聞き出したのが五月頃だったみたいだ。お母さんもうボロボロで、それでも平気そうに笑ってたんだ。それから、ごめんなさいって、ずっと気づかなくて苦しめたって、何度も謝ってきた」

きっとお母さんは、家族の絆《きずな》を守ろうと、いい妻を、いい母を演じ続けていたんだ。そしてバランスを崩した。離婚を切り出したとき、「お父さんが浮気をした」と告げたお母さんの顔が思い浮かんだ。

真実を知って私が傷つかないように、お母さんがついた嘘。

愛され、求められて私が生まれてきたのだと、私のためについてくれた嘘。

「……お父さんもお母さんも、バカだよ」

私のつぶやきに、お父さんはくしゃくしゃと顔をゆがめた。

自分が大人だと思っていた私はやっぱりなにもわかっていない子どもで、お父さんにも、おばさんにも、そしてお母さんにも不満を抱いていた。だけど、みんな同じだったんだ。誰だって、同じだったんだ。大人だから正解がわかるわけじゃない。悩まないはずがない。誰だって悩むし、迷う。答えのない問いを、ずっと繰り返し続けることだってあるだろう。

ただ私には、誰かを思いやれるほどのゆとりがなかった。

自分がどこに立っているかすらわからない子どもだった。

「来てくれてありがとう」

話してくれて、ありがとう。

私の言葉にお父さんは首を横にふり、またくしゃくしゃと笑った。


小炭坑にあった坑道は調査の結果、コンクリートで埋められることになった。ガスの流出はごく微量で、現時点で危険視する必要はないらしい。情報番組では、引火したメタンガスが突風で上空に押し上げられ九死に一生を得たとして、奇跡の村として取り上げられていた。あのまま地上で爆発したら惨事は免《まぬか》れなかったと専門家は熱く語った。

魔女の起こした奇跡はそうして少しだけ世間を賑《にぎ》わせ、瞬《また》く間に収束した。

退院した私とハルは、村でおおいにもてはやされた。密猟者二人が軽度の火傷《やけど》ですんだのも、なぜだか私たちの功績に追加された。

最近のマイブームは、こっそりお母さんの部屋から著書を抜き出して読むことだ。『情熱のロンドン』は、まあ、たぶん自伝なのだろう。赤裸々《せきらら》に恋を語るＯＬである主人公に乙女を見てしまって、お母さんもかわいい時期があったんだな、と、私は少しだけどぎまぎし、切なくなった。「私、お母さんと一緒に古石川村《こここ》に来てよかったと思う」そう伝え、黙々と掃除をしているお母さんを見かけるたびに手伝っていたら、「そろそろ片づいたから」と、吹っ切れたようにひとつうなずき、ようやくパソコンに電源を入れた。今度、出版社の人が遠路はるばる打ち合わせに来てくれるらしい。

大地くんと聡実さんは相変わらず両片想いをこじらせて、毎日仲良く戦っている。どうやら村の住人ほとんどに知れ渡っているようだが、本人たちだけは気づいていないので私も見守ることにした。

山林で倒れていた松ばあちゃんは少し長めに入院していたが、数日前に無事に退院した。後遺症もなく、のんびりと畑仕事とおしゃべりに精を出す日々を送っている。

そして、ハルと春は。

「小春《こはる》が猫のままなんだけど!?」

ハルの家で飼われることになった二号あらため春、発音がハルと同じでややこしいため、最終的に〝小春〟と呼ばれることになった黒猫は、「にゃあん」と高く鳴いて足にすり寄ってきた。かわいさ満点だが、積もる話もできず、私は悲鳴をあげた。

「精神体だから、小さいほうが楽みたいだよ」

「楽って！　もっといろいろ話したかったのに！　小春〜!!」

抱き上げて嘆《なげ》く私の顎に黒猫は鼻先をこすりつけてきた。かわいい。もう最高に愛らしい。大きな目でまっすぐ私を見つめ「にゃあん」と鳴いてゆっくり目を細めた。愛情がそこかしこからあふれてくるような表情だった。

「好き……!!」

「……そこでイチャイチャされるとすごく微妙な気分になるんだけど」

「じゃあ、はい」

小春をハルに差し出すと、言葉通りすごく微妙な顔をされてしまった。

使い魔だと思われていた猫が魔女本人だった。

次なる疑問は、やはりハルの正体だ。

「で、結局、ハルって何者?」

ここまできたら素直に答えてくれるに違いない。私はストレートに尋ねた。ハルは黒猫を抱きながら意味深な視線を投げてきた。この期《ご》に及んでまだ誤魔化す気なのか――じっと見つめて無言で訴えると、ハルは小さく息をついた。

「ハーブ園を運営する僕の父と、小春の母親が兄妹《きょうだい》なんだ」

なるほど、いとこか。印象的な瞳の色はそちらの血筋らしい。そして、たびたび披露していたハーブの知識も親譲りなのだろう。

「魔女っていうのは?」

「それはそのままだよ。そもそもヨーロッパには今でも自称魔女がいっぱいいる」

「薬学を伝承する系の人？」

「新しく独自路線を切り開く人も多いけどね。昔は決まった日時に決まった歌を歌いながら薬草を摘んで、それを使って薬を作った。医者としての側面も持っていたし、薬草の効能で祈禱《きとう》師と呼ばれることだってあった。そうした女性は〝賢《かしこ》い女〟で、同時に〝魔女〟としてとても頼りにされてきたわけだ」

「……七人の魔女たちとは本質的に違うわけね」

「あれは感情の根本をになう存在で、誰か一人が強くなると、とたんにバランスを崩す。しかも肉体は滅びても魂《たましい》は滅びないから何度も転生を繰り返すんだ。もっとも、〝人間〟のときは魔女の記憶がなく、ああした集会のときに本性が出るわけだけど」

「小春は？」

私はゴロゴロと喉《のど》を鳴らす黒猫を指さした。

「魔女たちがバランスを保つために、どの感情にも属さない〝特例〟を作ったんだ。でも、その存在は小春の両親によって秘匿《ひとく》された。彼女たちが小春の魂だけ奪っていくことを恐れたんだ。小春の死後も、小春の両親は娘の魂が眠る場所を彼女たちに特定されないよう旅を続けた」

ああ、だから村の人たちは宇堂夫婦が〝失踪《しっそう》〟したと思ったんだ。

娘を思い、娘のためにとった行動。強い決意と深い愛情が、そこにはあった。

そして。

「八年間の眠りで、小春は彼女たちに対抗しうる力を手に入れたわけだ」

「ハルは、どうして小春を捜していたの？」

死んだ人間を捜す——普通ならとてもできないだろう。それを彼は八年も続けたのだ。

「小春は自分の死を予期して僕に手紙を残していたんだ。面倒なことに空港から投函《とうかん》された手紙にはリターンアドレスがなく、手紙と写真を頼りに君を捜し続けるはめになった」

そう言ってハルが見せてくれたのは、家の中の〝春〟と、雨の庭から身を乗り出す私が仲良く写った写真だった。撮ったことをぼんやりと思い出して懐かしくなる。

小春と私の秘密を、ハルはそうしてすべて手に入れたのだ。

「あれ？　ハルは小春を捜してたんでしょ？　どうしてそこで私が出てくるの？」

「小春の魂を捜すのが第一目的。第二目的は、小春から頼まれていた言伝《ことづて》を君に伝えることだった。それなのに君は小春のことをすっかり忘れて——」

「だ、だって、そもそもハルと小春は別人じゃない！」

言い返すとぶすっとハルが膨れた。

「小春のふりをして、八年前の事故は君のせいじゃないって、僕は生きているって伝えて自責の念を払拭《ふっしょく》しようと思ったんだ。それなのに君は誰とか訊くし。僕はおおいに失望した！　君が自力で小春を思い出すことがせめてもの贖罪《しょくざい》だろう！　親友に対しての！」

あのチクチクした空気はどうやら私のせいだったらしい。

でも、ハルが小春のふりをするには無理がある。小春は女の子だしハルとは髪の色だって全然違う――そう思ったけれど、あの頃は魔女の目をくらませるために髪を染めていたのだと言われたら納得しただろう。性別だって、実は男の子だったと言われたら、混乱しながらも受け入れていたに違いない。

だけど、親友の死の記憶だけは別だ。それは幼い私にはあまりにも重くて、心が耐えられなかった。今ですら同じ状況に陥《おちい》ったら正気でいる自信がない。

しゅんとしていると、ハルが一つ息をついた。

「……でも、出会った頃より、君は幾分マシになった」

どうとっていいかわからない言い回しに私は困惑する。が、彼は往々にしてこうした言い回しを好むのだと思い出した。「悪くない」は「いい」という具合に。

「つまり魅力的になったってこと!?」

「そこまで飛躍してない」

否定の言葉は思った以上にストレートだった。でも、あれ？　と思う。

「飛躍してないってことは、少しは私のこと好きになった？」

〝嫌い〟から、せめて〝普通〟になりたい私は懸命に彼から言葉を引き出そうとする。けれど彼は、もう話は終わったといわんばかりに逃げていく。しばらく追いかけ回していると、いきなりスマホが鳴り出した。

「あれ？　ここら辺って、電波いいのかな？」

ＳＮＳの書き込みが鬼のように多かった。どれも楽しそうだ。私はハルの隣に立ち、にっこり笑ってツーショットを撮り、問答無用で送った。とたんにものすごい勢いで《誰それ!?》《イケメン！　モデル!?》《レベル高杉！》と友人たちがざわめきだした。

「ふ、ふ、ふ。見よ、私の輝かしい青春の一枚！」

「あえてコメントしないところが策士だね。なんて痛ましい努力なんだ」

ハルは呆れているが私は上機嫌だ。小さなツールに振り回されるのも、振り回すのも、すべて自分次第。パニック状態の友人たちを見て悦に入っていると信也さんがやってきた。

「おー、いたいた！　ちょっとトラブルなんだけどな！」

私はハルと顔を見合わせる。黒猫が「にゃあん」と鳴く。

ぐっと両足に力を入れて信也さんに向き直った。

「話、聞かせてください！」

私はまっすぐここに立ち、澄《す》んだ空に響くように告げた。

終章

嘘つきな魔女と素直になれないわたしの物語

制服はセーラー服だった。男子は学ラン。以前に通っていた学校の制服でいい、なんだったら私服でも構わない、そう言われたけれど、村唯一の雑貨屋さん、カップ麵《めん》や婦人服、日用品から制服まで幅広く扱ってくれる『こいしかわ雑貨店』が格安で売ると声をかけてくれたので、私は迷わずセーラー服を選択した。

課題はもちろんすべて終わらせてある。新学期に失敗は許されない——もっとも、みんな顔見知りなのでそこまで気負う必要はないのだけれど、私は気合い十分に登校した。

「おはよう！」

教室に入ると聡実《さとみ》さんがにこにこと手をふってきた。大地《だいち》くんは「よう」と軽く片手を挙げた。聡実さんに手伝ってもらって用具室から机を運び、着席したあとそわそわとハルの到着を待つ。以前の私なら彼の机を先回りして準備しただろう。でも今は、一緒に運ぶのもいいかな、なんて考える。

それにしても、金髪美少年の学ラン姿というものを想像すると楽しくなる。もっとも、今の時期は夏服であるカッターシャツだから、衣替えまではお預けなのだけれど。

「ハルくん遅いね」

白シャツに黒いズボンもいいな、なんて待っていたのにハルはなかなか現れなかった。

聡実さんも心配してドアを凝視している。

「もしかして、今日から新学期って知らないとか？」

「私、昨日ちゃんと伝えたけど……一緒に登校したほうがよかったのかな」

今日は始業式と掃除だけ。時間通りに登校すれば、あとはみんなに合わせて行動するだけなので、私はすっかり油断していた。

「ちょっとハルの家に行ってくる」

私は立ち上がり、ドアに向かう。でも、その前にドアが開いてハルがひょこりと顔を出した。

「もう、遅刻するかと思ったでしょ」

心情をそのまま言葉にすると、ハルはきょとんと首をかしげた。

「僕は三十分も前から登校してたけど」

「え？」

ハルの返答に驚いた私は、次に、彼の格好に呆気《あっけ》にとられた。ハルが着ていたのはカッターシャツと黒いズボンではなく、カッターシャツにチェックのネクタイ、同柄のズボンだったのだ。雑貨屋さんのカタログには、中学生の制服として載っていた一着だ。

「ハ、ハル、制服が間違ってる！」

私は青ざめた。でも、ハルはちっとも動揺しなかった。

「間違ってないよ。これであってる。雑貨屋のおじいさんがこれでいいって言ってた」

齢《よわい》九十の高齢者に任せきりにしてしまったのが失敗だった。

「と、とにかく、それじゃないから！」

「おや、揉《も》め事？　始業式、この教室ではじめたいんだけどいいかな？」

邑政《むらまさ》先生が素子《もとこ》先生とともに子どもたちを誘導しながら教室に入ってきた。どの子も夏休みを満喫したらしくこんがりきつね色だ。邑政先生の娘で小学生を担当するという円《まどか》先生が遅れてやってきた。セミロングで仏様《ほとけ》みたいな穏和な顔立ちだが、怒らせると鬼より怖いらしい。

「あの、ハルが制服を間違えちゃったみたいで……」

「いや、あってるよ？」

慌てる私に邑政先生がそう返す。私は「え？」と首をひねった。

「だって、ハルが着てるの、中学生用の制服ですよね」

「そうだね。彼は中学生だからね」

「ちゅ……え？　中学生？　だって、優秀な女の子が、転入してくるって」

「うん、優秀な女の子」

邑政先生が私を指さした。「実にバランスがいい。全体的によく配分した勉強方法だね。ちょっと化学が弱いかな？」と、呑気《のんき》に告げる。私はずっと〝運動もできて人当たりもいい優等生の佐々木《ささき》さん〟を演じ続けていた。だけど邑政先生の評価が自分に対するものだなんてちっとも考えていなかった。九月から仕事が二倍というのは、生徒が二人増えるという意味ではなく、学年の違う生徒が二人入学することをさしていたのだ。

私と聡実さんは啞然《あぜん》とした。

「ハル、いくつ……？」

私より身長が高かったし、落ち着いていたし、日本に何度も旅行に来ていたし、日本語もうまかった。だからてっきり同じ年齢か、あるいは年上だとばかり思っていた。

「十四歳だよ」

「ま、待って。計算が合わない。八歳ではじめて日本に来て、それで……」

あえぐように抗議する。八歳で日本に来て、八年間人捜しに費やしたら十六。だからハルは十六歳のはず。

「小春《こはる》から手紙をもらったのが六歳のときで、そこから二年かけて旅費を捻出したんだ。言わなかったっけ？　旅費はチップを貯《た》めたって」

言った。聞いた。でもまさか、彼が費やした八年間は、手紙を受け取った六歳からカウントされていたなんて考えもしなかった。

「僕の名前はハロルド・ベネット。みんなは僕のことをハリーとかハルって呼ぶ」

すっと私に近づいてきて声のトーンを落とす。

「実は僕、宇堂春《うどうはる》のスペアで魂《たましい》の結びつきがちょっと強めだから、君とも自然とかかわりが深くなるみたいなんだ」

スペア。つまり、限りなく〝普通の魔女〟に近い〝普通でない魔女〟ということか。

そこでようやく私は魔女たちが古石川村《こいしかわ》に来た経緯に思い至った。つまり、宇堂春を見失った彼女たちは、スペアであるハルを監視し続けていたのだ。そして、ハルもそのことに気づいていた。彼が警戒していたのがなんであるのかを思い出して私はめまいを覚える。

「そんなの聞いてない！」

年下だってことも、普通じゃないってことも。

この男、私を利用したのだ。私を捜し出したのは、もちろん言伝《ことづて》を預かっていたのもあるだろうけど、第一目的である宇堂春の捜索のためだ。そして、意図して私を振り回した。形のない八番目の魔女を世界に繋《つな》ぎとめるために。

魔女だけど紳士でもあるはずなのに――本当に、とんでもない食わせ者だ。

「これからもよろしくね、トーコ」

驚愕《きょうがく》する私を楽しげに見つめた彼は、紳士らしく、魔女らしく蠱惑《こわく》的に微笑《ほほえ》みながら、ハグの上にキスという、イギリス風のあいさつをやってのけた。

どうやら私はしばらく彼に振り回される日々を送らざるを得ないらしい。

真っ赤になって怒った私に、彼は無邪気に笑い声をあげた。

『田舎暮らしはつらかった』著・渡辺瑠海(ロコモーションパブリッシング)
『素朴だけでない田舎暮らしの馴染み方』著・扇田孝之(現代書館)
『誰も教えてくれない田舎暮らしの教科書』著・清泉　亮(東洋経済新報社)
『全記録 炭鉱』著・鎌田　慧(創森社)
『山本作兵衛と炭鉱《ヤマ》の記録』協力・作兵衛事務所　編・コロナ・ブックス編集部(平凡社)
『炭鉱往歳 本田辰己写真集』写真・本田辰己　構成・文・乾由紀子(れんが書房新社)
『森林で働く』著・大成浩市(ぺりかん社)
『山びとの記 木の国 果無山脈』著・宇江敏勝(新宿書房)
『サバイバル猟師飯 獲物を山で食べるための技術とレシピ』著・荒井裕介(誠文堂新光社)
『魔術の人類史』著・スーザン・グリーンウッド　訳・田内志文(東洋書林)
『新 魔女図鑑』著・角野栄子(ブロンズ新社)
『魔女狩り』著・森島恒雄(岩波新書)
『魔女の薬草箱』著・西村佑子(山と溪谷社)
『基本 ハーブの事典』編・北野佐久子(東京堂出版)
『ハーブ&アロマ事典　味わう・つくる・香りを楽しむ95種のハーブ』監修・佐々木薫 (大泉書店)
『イングリッシュネス―英国人のふるまいのルール』
著・ケイト・フォックス　翻訳・北條文緒／香川由紀子(みすず書房)
『さらに不思議なイングリッシュネス―英国人のふるまいのルール2』
著・ケイト・フォックス　翻訳・北條文緒／香川由紀子(みすず書房)
『イギリス人はつらいよ―耐える紳士とプライド淑女』著・カズコ・ホーキ(ネスコ・文藝春秋)
『私の部下はイギリス人―アングロサクソンが世界を牛耳っているわけ』著・デンゾー高野(太陽企画出版)
『イギリス人の格 汚れた靴は人生を楽しくする!』著・井形慶子(集英社)
『笑いを楽しむイギリス人 ユーモアから見えてくる庶民の素顔』著・巻口勇次(三修社)
『けっこう笑えるイギリス人』著・山形優子フットマン(講談社)
『日本人には思いつかないイギリス人のユーモア』著・北村　元(PHP研究所)
『わたしのイギリス　あなたのニッポン』著・高尾慶子(展望社)
『日英カップルのロンドン暮らしの手帖』著・林　信吾／石川由美(筑摩書房)

集英社オレンジ文庫をお買い上げいただき、ありがとうございます。
ご意見・ご感想をお待ちしております。

● あて先
〒101-8050 東京都千代田区一ツ橋2-5-10
集英社オレンジ文庫編集部 気付
梨沙先生

嘘つきな魔女と素直になれないわたしの物語

集英社
オレンジ文庫

2020年9月23日 第1刷発行

著 者 梨沙
発行者 北畠輝幸
発行所 株式会社集英社
〒101-8050東京都千代田区一ツ橋2-5-10
電話【編集部】03-3230-6352
【読者係】03-3230-6080
【販売部】03-3230-6393（書店専用）
印刷所 大日本印刷株式会社

※定価はカバーに表示してあります

ISBN 978-4-08-680342-7 C0193